チートなタブレットを持って快適異世界生活

4

ちびすけ
CHIBISUKE

Illustration
ヤミーゴ

ライ
中級ダンジョンで出会った雷を使う使役獣。
グレイシス
ケントが所属するパーティ「暁」の一員にして、優秀な魔法薬師。
ケント
異世界に迷い込んでしまった本編主人公。タブレットに搭載された便利アプリに助けられ、異世界生活を楽しむ。
ハーネ
風魔法を得意とする蛇系の魔獣で、ケントの使役獣。
CHARACTERS
登場人物紹介

デレル
ケントの友人で、
魔法薬師協会のトップ。
魔獣が苦手。
クルゥ
「暁」のメンバーの少年。
耳にした者を操る
「魔声」を持つ。
カイラ
カオツの友人で
Aランク冒険者。
姉御肌で、
怪力の持ち主。
カオツ
かつてケントを
パーティ「龍の息吹」から
追い出した元同僚。

有名な魔法薬師になりました

僕、山崎健斗《やまざきけんと》はある日突然、気が付くと異世界にいた。

どうしたものかと途方に暮れたが、なぜか持っていたタブレットに入っていた、様々なアプリのおかげで快適に過ごせそうだということが判明する。

冒険者となった僕は、Bランクの冒険者パーティ『暁《あかつき》』に加入して、使役獣《しえきじゅう》を手に入れたり、魔法薬師の資格をゲットしたりと、楽しく過ごしていた。

そんなある日、暁のメンバーであるラグラーさんが誘拐《ゆうかい》されるという大事件に巻き込まれてしまう。

しかも、同じく暁のメンバーであるクルゥ君の妹のクリスティアナさんがその事件に関わっていたり、頼りになる暁の一員のケルヴィンさんが敵に操られてしまったりとピンチの連続。

けれども、魔法薬師の協会のトップであり、僕の友人のデレル君の協力もあって何とか乗り切ることが出来た。

そして、そんなラグラーさんの救出劇からもう、一ヶ月が経過しようとしていた。

ここ最近の変化といえば——誘拐騒動の時に知り合った、ラグラーさんのお兄さんであるシェントルさん達が、ご飯を食べに来ることが増えて賑やかになったことかな。

あとは、デレル君が週二回の頻度で、ラグラーさんとケルヴィンさんに稽古《けいこ》をつけてもらうようになった。

デレル君は実は小心者で、魔獣を見ると気絶しちゃう残念な体質の持ち主だったんだけど……どうやらラグラーさん達による鬼の特訓によって、それが少しずつ和《やわ》らいでいるみたい。

いつも僕の側にいる使役獣の風羽蛇《かざはへび》のハーネと一角雷狐《いっかくらいこ》のライくらいなら、近くにいても逃げ出さないようになったし、目を合わせることも出来るようになっていた。

最初の頃と比べると、大きな進歩ではないだろうか？

先週からは、僕が最初に剣の扱い方を習った時に倒した、モルチューを斬《き》る練習をしているようだった。

「訓練が厳しいとは聞いていたけど……本当に、あんなに厳しいとは思いもしなかった」

マジ泣きしそうな顔でそう言ったデレル君を、僕とクルゥ君の二人で必死に慰《なぐさ》めたよ。

僕個人の変化や成長といえば、一人でダンジョンに行くのが多くなったことだろう。

ギルドからの依頼を受けて魔獣を討伐したり、食料の調達をしたりといった目的の時もあれば、魔法薬の材料を集めるために行くこともある。

今までは暁の中でも頼りになるフェリスさんやラグラーさん達と一緒に行動するか、一人では手《て》強《ごわ》い魔獣が多いとされるダンジョンの深層部分には入らない約束をしていた。

でもここ最近は、初級ダンジョンなら一人で深層部まで行くことが許されるようになったのだ。

なぜかと言えば、ハーネとライに、サイズを大きくしたり成長を促したりする魔法薬を使うことで、初級レベルのダンジョンなら深層部にいる魔獣も簡単に倒せることが分かったからだった。

フェリスさんからも、一緒にダンジョンに行った時に、「初級程度ならケント君一人でも大丈夫でしょ。本当に危ない魔獣が出てきたら、ハーネちゃんとライちゃんに乗って逃げればいいし」と言ってもらえた。

ギルドの冒険者としての評価も上々らしいと、受付の職員さんも褒めてくれている。

しかも、ダンジョンの奥に潜れるようになったことで、魔法薬で使用する魔獣の素材や魔草も質が良いものが手に入り、低級レベルの魔法薬でも良質なものを作れるようになったんだ。

それに一緒に付いて来たミツバチに似た使役獣――毛長蜂《けながばち》のレーヌやエクエスが、仲間の蜂や他の虫達に命じて持ってきてくれる、貴重な木の実や種などを手に入れやすくなったのもありがたい。

まぁ、こちらの世界のお金をポイントに交換して自由に品物を買えるアプリ『ショッピング』で購入すれば、早くて品質の良いものが手に入れられるんだけど……

『自分の力で頑張って手に入れたもので調合する』のがいいと僕的には思っているから、ダンジョンに行くのはやめられないよね。

今日は、自分で採取した材料で作った魔法薬をリジーさんのところへ卸《おろ》しに行く日だ。

「こんにちは、リジーさん。魔法薬を持ってきました」

「おぅ、ケント！　待ってたぜ」

チリンチリンッと可愛いドアベルの音を鳴らしながらお店に入ると、外見がほぼウサギの獣人、リジーさんが出迎えてくれた。

長い耳をピコピコ揺らしていて、かなり機嫌《きげん》がよさそうだ。

「聞いてくれよ、ケント！　つい最近、お前が作る魔法薬を大量に注文してくれた人がいたんだ！」

「えっ、本当ですか！」

「あぁ。そこそこランクの高い冒険者だと思うんだが……なんでも、最近一人でダンジョンに潜ることになったんだと。それに備えて質の良い魔法薬を探してたから、ケントの魔法薬を数種類、勧めてみたんだよ。そしたら数日後に、『あの値段でこれほどまでに良い魔法薬なんて、他になかなかないぞ!?　おい、この店にあるだけ俺に売ってくれ！』って言いに来たんだぜ!?」

リジーさんは最初に会った頃よりも成長した僕を褒《ほ》め称《たた》えつつも、大口契約者が出来てホクホクした顔になっていた。

自分のことのように嬉しそうに話すリジーさんを見て、思わず僕の頬《ほお》も緩《ゆる》む。

実はリジーさんは、僕の魔法薬師としてのランクが上がるにつれて魔法薬の価格も上がっていくから、売れなくなるかな～と心配していたらしい。

だけど、そんな心配とは裏腹に、僕の魔法薬は『良心的な値段なのに高品質で効果が高い』と噂《うわさ》になり、飛ぶように売れている。

それだけ売れ行きが好調なら、リジーさんの機嫌がよくなるのも分かるな。

「そういえば、この瓶のデザインもケントが考えたんだってな」

リジーさんが言っているのは、瓶に描かれた紋章のこと。

高ランクの魔法薬師が作った魔法薬の瓶には、誰が作製したかを分かりやすくする紋章が必要だということで、先日魔法薬師協会に行ってデザインを考えたのだ。

どのような紋章にするか、だいたいのイメージでいいので紙に描いてくださいと協会の人に言われ、僕は悩みに悩んだよ……。

考えた末、翼を広げて剣に絡みつくハーネと、その下に横たわるライを描いた。

それから二匹の周りを円で囲んで、円の外側にレーヌとエクエスも加えて、自分の名前も書いておいた。

そうして自分が考えた図案を紋章を描くプロの手に渡して、僕は出来上がりをワクワクしながら待つことになったんだけど……

出来上がった瓶を受け取った時、すごく興奮した記憶がある。

だってさ～、自分専用の瓶だよ？　気分も上がっちゃうよね！

まぁ、そんな僕を見ていたハーネとライはあまり関心がなかったようで、スンとした顔をしていたけど。

ちなみに、この僕専用の瓶は魔法薬師協会から支給される『専用瓶箱』の中に入っている。

この木箱は、魔法薬師協会の刻印が打ってあって、中に入っている新品の瓶を全て取り出した後、蓋を閉じて再び開ければ、また新品の瓶がびっしりと補充されているという仕組みだ。

これがあれば、いちいち魔法薬師協会に瓶を取りに行かなくてもいいと知った時は感動したな。

そんな風に思い出を振り返っている間も、リジーさんは何やら話し続けていた。

「――って話で、魔法薬の知識がある冒険者も探しているみたいなんだ」

しかも、いつの間にか全く別の話題に切り替わっていたみたいだ。

後半、何を話していたのか聞きそびれちゃったな……

すごく申し訳ないけど、ここは素直に謝ろう。

「あっ、すみません！　ちょっと考え事をしていて、ちゃんと聞いていませんでした」

そう言うと、リジーさんはガハハハッと笑ってもう一回話してくれた。

どうやらリジーさんの知り合いが、魔法薬の材料となる魔獣の素材と魔草を調達出来る人物を探しているとのこと。戦闘専門でお願いする冒険者は一人見付けることが出来たけど、魔法薬の知識をある程度持っている人物――出来れば魔法薬師がいたら紹介してほしいと言われていたんだって。

ただ、冒険者で魔法薬の知識がある人物はかなり珍しく、数が少ない。

そこでリジーさんが、冒険者でもあり魔法薬師でもある僕やグレイシスさんのことを伝えたところ、その依頼主は「その方達にぜひともお願いしたい！」と言ってくれたんだとか。

「ん～……グレイシスさんが行けるかどうかは確認しなきゃ分かりませんけど、上級ダンジョンだったり、あまりにも危険な内容だったりしないない限り、僕は大丈夫です」

「本当か⁉　そりゃあ良かった！」

「ちなみに、向かうダンジョンの情報や日数、必要な魔法薬の素材になる魔獣や魔草の詳細など教えてもらえませんか？」

「おぅ、それなら紙に書き出しておいたよ」

リジーさんから紙を手渡され、その場で内容を確認する。

《依頼内容　魔法薬の材料の元となる素材の調達》

場所　――中級ダンジョン【虫喰《むしく》いの森《もり》】

期限——依頼を受けてから2週間以内
人数——冒険者
※2～3人。最低1人は魔法薬師であること
報酬——別紙に記載
※出来高報酬有
※依頼を早めに終わらせた場合にも報酬上乗せ
依頼者——黄昏《たそがれ》の魔女

一通り目を通して、まず驚いたのはこの世界にも魔女がいるということだ。

「えっ、魔女ってあのとんがり帽子をかぶった老婆の——」

びっくりして声を漏らすが、リジーさんはそれを笑いながら否定してから、僕が思い描いているような魔女はいないと教えてくれた。

老舗《しにせ》の魔法薬店は『～の魔女』という店名になっていることが多く、かなり昔に、魔法薬を販売している人のことを総じて『魔女』と言っていた名残《なごり》らしい。

「色々と教えてくれてありがとうございます。それじゃあ、一度持ち帰ってグレイシスさんに聞いてみますね」

「おぅ、よろしく頼むぜ！」

僕はリジーさんから渡された紙を折りたたむと、なくさないように収納機能付きの腕輪に仕舞ってからお店を出たのだった。

「あ～……ちょっとお得意様から大量の魔法薬の注文が入ってしまったところなのよ。だから、私は行けないわね」

リジーさんのところから帰って来てすぐにグレイシスさんに依頼のことを伝えてみたら、そう断られてしまった。

その言葉に肩を落としている僕を見つつ、グレイシスさんは話を続ける。

「私は行けないいけど……ケントはこの依頼を受けた方がお得だと思うわよ？」

元々僕は受けるつもりだったけど、グレイシスさんがそう考える理由が気になった。

「え、それはどうしてですか？」

尋ねてみると、老舗店の中でも格式の高い『黄昏の魔女』に、自分が調合した魔法薬を置いてもらうのは、魔法薬師として一種のステイタスなんだと教えてくれた。

「まあ、ケントの知名度やレベルだと、まだお店には置いてはくれないだろうけど……それでもケント自身をあのお店の店主に覚えてもらうのは、将来的にもいいことだわ」

「……なるほど」

「それに、そのレベルのダンジョンならハーネちゃんやライちゃんがいるし、大丈夫でしょう。危なくなったらすぐに逃げなさいね」

そのアドバイスに素直に頷《うなず》き、お礼を言ってから、グレイシスさんの部屋を後にした。

あとはフェリスさんに確認しなきゃな。

グレイシスさんの部屋を出た僕は、そのままフェリスさんの仕事部屋に向かう。

「フェリスさん、ケントです」

「は～い、どうぞー」

ドアをノックすると、すぐに返事があった。

部屋の中では、フェリスさんが一人用の椅子で骨魚《こつぎょ》のチップスをポリポリと食べつつ読書をしているところだった。

骨魚とは、以前クルゥ君と討伐した、魚の骨の見た目をした魔獣のこと。

その時おつまみとして作ったのがよほど気に入ったのか、たまにおやつに食べたいと言われて、このチップスを作ってあげているのだ。

「ケント君、どうしたの？」

「実は、リジーさんのお知り合いの方からの依頼を受けようと思っていまして……」

僕はそう前置きして、リジーさんから貰《もら》った紙を腕輪から取り出してフェリスさんに渡す。

紙を受け取ったフェリスさんは、ざっと中を確認し微笑んでくれた。

「うん、今のケント君ならこの依頼を受けても大丈夫だと思うよ」

「ありがとうございます！　……ただ、そうなると数日、暁を留守にすることになるんですよね」

「それは……緊急事態ね」

僕の言葉に、一転して深刻な顔で答えるフェリスさん。

いや、本来ならそんな顔して『緊急事態』って言うほどのことでもないんだけどね？

フェリスさんが心配しているのは、十中八九、食事のことだろう。

僕がある程度作り置きしておけば大丈夫なんだろうけど、その量がどれくらい必要になるかが分からない。依頼が何日くらいで終わるか、定まっていないからだ。
四、五日くらいの作り置きなら問題ないけど、それ以上になると作る僕もさすがにキツイ。
まぁ、そこはフェリスさんもちゃんと分かっているらしく、「大丈夫、ケント君がいない間は私がご飯を皆に作ってあげるから！」と言ってくれたのだった。

たぶん、全力で皆が阻止《そし》する未来が見えるが、そこは言わない方が賢明だろう。

代わりに、僕はこう答えておいた。

「フェリスさんに任せておけば安心ですね！　それじゃあ、僕が留守の間はよろしくお願いします」

うん、フェリスさんもにこやかな表情だし、ここではこう答えたのが正解だっただろう。

カオッさんとの再会

《ね～、あるじぃー》
「ん～？」
《またどこかいくの？》
部屋で僕が一人慌ただしく依頼に備えて準備をしていると、ベッドの上に座っていたハーネとライが、そう声をかけてきた。
僕が魔法薬の在庫を調べたり着替えの服を腕輪に入れたりしている様子を見て、不思議に思ったのだろう。
ハーネ達は、お互い縄張りの偵察やらお遊びやらで忙しくてリジーさんの店には付いて来てなかったので、そもそも依頼のことをまだ知らないのだ。
フェリスさんに依頼のことを伝えた後、僕は再びリジーさんの所に行った。

そして、グレイシスさんは無理だけど僕だけなら……と伝えたところ、その場で依頼を受けることになったのだ。

「ケントも立派な魔法薬師様だからな！　この依頼を受けてくれて助かるよ」

そうリジーさんが言ってくれたのは嬉しかった。

依頼用の紙には書かれていなかったけど、出来るだけ早めに動いてもらえるとありがたいとのことだったので、料理を作り置きするために一日だけ時間を貰った。

そして、二日後にリジーさんの知り合いのところへと行くことになったのだった。

ここまでの経緯を話しつつ、ハーネとライに説明してあげる。

「うん、今回は暁の皆とは別行動で、他の冒険者の人と一緒にお仕事をすることになったんだ」

《ちがうひと？》

《ごしゅじんのしりあい？》

ハーネとライが同時に、首をコテンと右に傾《かし》げる。

その仕草があまりに可愛らしかったので、即座にタブレットのカメラで撮《と》ってから答える。

「いや、たぶん知らない人だと思うよ」

明日会うまで、どんな人と一緒に行動するのかは分からない。

暁に入って以来、メンバー以外の冒険者と依頼を受けるのは初めての経験なため、すごく緊張する――けど同時に、ワクワクもしていた。

一緒に仕事をするのって、どんな人なのかなぁ？　会うのが楽しみだ！

そんなことを思いながら支度をしているうちに、時間はあっという間に過ぎていったのであった。


そして、依頼当日。

ハーネとライを連れて依頼主の元へ行った僕だったが、昨日までのワクワク気分はガクンと急降下していた。

なぜなら……一緒に依頼を受ける冒険者は、元『龍《りゅう》の息吹《いぶき》』で副リーダーを務めていたカオツさんだったからだ！

龍の息吹は僕が暁に入る前、お世話になっていたパーティだ。途中で他の人のレベルに付いて行けないからと追い出されてしまったんだけど。

一ケ月ほど前に、パーティ自体が解散したって噂を聞いたんだけど……何があったんだろう。

それはともかく、まさかこんなところでカオツさんと一緒になるとは思わなかったな。

今も僕の目の前で不機嫌《ふきげん》な顔を隠そうともしないし、パーティで一緒にいた頃からあまり相性がよくないんだよな。

しかし苦手な相手であっても、短期間とはいえ仕事仲間になるなら最初の挨拶《あいさつ》は肝心だ。

僕の今の見た目は十代半ばくらいだけど、中身は立派な大人だからね！

ここはにっこり笑ってこちらから話しかけよう。

「カオツさん、お久しぶりです。今回はよろしくお願いします」

「……チッ！」

うっわ……いきなり舌打ちされた！

相変わらずの対応に心の中でシクシクと泣いていると、僕達の依頼主である『黄昏の魔女』の店主さん達が声をかけてきた。

珍しいことに、ここを経営する店主さんは一人ではなく三人だった。

三人とも男性で、一人は幼い子供のような外見、もう一人は二十代の若者の姿をしており、最後の一人にいたってはヨボヨボのご老人だ。

最初は親戚とかだと思ったけど、外見を皆が変えているだけで、実は三つ子の兄弟らしい。

三人ともその日その日の気分で見た目を変えるので、彼らの本当の年齢や見た目を知る者はいないとか。

「今日は私達の依頼を受けてくださり、ありがとうございます」

二十代の見た目の男性が僕達の前に来ると、にっこり笑いながら自己紹介をしてくれた。

「私はこの『黄昏の魔女』の三店主の一人、ダルディーです。後ろの二人がルディラとデベット」

ダルディーさんの後ろにいた他の店主さん達が頭を下げたので、僕も頭を下げた。

カオツさんは腕を組んで店主さん達を観察しているようであった。

「今回はお二人に、中級ダンジョン【虫喰いの森】に生息する魔獣の素材と魔草を採ってきていただきます。これらは魔法薬の素材にもなりますので、出来る限り状態が良いままだと嬉しいです」

ダルディーさんはそう言ってから、必要な魔獣の素材と魔草が書かれたリストを僕達に手渡す。

確認すると、魔獣が十種類と魔草が二十種類ほど記載されていた。

それぞれの名称の横に必要な数が書かれていて、一つごとの報酬も載《の》せられているし、素材の状態が良ければ報酬の上乗せも有りとあった。

リストを見た僕は、頑張るぞー！　と心の中で拳を握る。

ただ、一番最後の行に『※お二人は常に一緒に行動すること』と書かれていたのには、思わずウヘーという顔になってしまった。

これは……たぶんだけど、グレイシスさんが一緒に行けないことを聞いたリジーさんが、子供である僕に何かあったら大変だと心配したのだろう。

で、この依頼を受ける他の冒険者と常に一緒にいれば危険は少ないだろうという結論に行き着き、店主さんに口添えしたのかもしれない。

いやいや、僕にはハーネやライといった心強い味方がいるので心配はいらないんだけどな……

それより、こんな風に書かれていたら、僕のことが嫌いなカオツさんがキレないか不安だ。

そう思っていたんだけど、カオツさんは不機嫌そうな顔はしつつもなぜか何も言ってこない。

いつものような嫌味も、舌打ちも聞こえない。

首を傾げながらカオツさんの様子をこっそり窺《うかが》っているうちに、店主さんの説明はある程度終了していた。

「それでは、よろしくお願いしますね」

「はいっ！」

「………………」

最後にダルディーさんに挨拶しているうちに、カオツさんが先に無言でお店を出てしまったので、慌てて追いかける。

「あ、カオツさん!?　えっと……すみません、それじゃあ行ってきます！」

外に出ると、待機していたハーネとライが、僕の姿を見て駆け寄ってきた。

そんな二匹の頭を撫《な》でつつ、カオツさんの背に声をかける。

「あの、カオツさん……いったいどこに」

「あ？」

「いや、あの……」

ただどこに行くのか聞いただけなのに、振り返ったカオツさんにすごまれてしまった。

ビクつく僕を見たカオツさんは、舌打ちしつつもちゃんと答えてくれる。

「これから行くダンジョンはそれなりに離れた場所にあるから、馬車に乗って移動するんだよ」

「あ……そうなんですね」

ちゃんと答えてくれたことにビックリしてしまう。

「おい」

「は、はぃっ？」

急に呼ばれて声が裏返ってしまった僕を、カオツさんは変な顔で見ていた。

そしてそのまま、はぁっと溜息《ためいき》を吐《つ》いたと思えば、「あれに乗っていくぞ」と、ある方向に指を向けた。

その先には、二、三人くらいの小人数の客を乗せて走る小馬車《こばしゃ》という乗り物が停《と》まっている。

乗せる人数が少ないためスピードが出て、その分、移動時間が短縮出来る便利な乗り物で、ちょっと人力車に似ているかもしれない。

僕を置いてさっさと小馬車に乗ってしまうカオツさんの後を、再び慌てて追いかけて乗車する。

カオツさんの向かいに座ると、馬車が動き出した。

「…………」

「…………」

ガタゴトと揺れる馬車の中、狭い室内で、僕とカオツさんの間に会話はない。

声をかけようにもかけられない重苦しい空気が漂《ただよ》っていた。

いや、ハーネとライは相変わらずペチャクチャと喋《しゃべ》っていたけど……

チラリと視線だけカオツさんに向ければ、足と腕を組みつつ、眉間《みけん》に皺《しわ》をよせながら目を閉じてジッとしていた。

うぅぅっ、辛いよぅ！

やることもないし暇《ひま》なので、僕はタブレットを取り出す。

タブレットを取り出す時の物音に気付いたのか、僕に一瞬だけカオツさんは視線を向けたが、タブレットは僕以外の人の目には本を持っているように見えているので問題ない。

カオツさんはそのままフンッと鼻を鳴らして再び目を閉じた。

内心で苦笑しながら、僕はタブレットへと視線を落とす。

ここ最近いろいろなことがあって収入が増えたのと、デイリーボーナスをチマチマと貯めていたのもあって、ついこの前、アプリのレベルを全部３にしたんだよね。

そしたら、新しいアプリが表示されたんだけど……

「う〜ん」

タブレットの画面を見て僕は唸《うな》る。

まだそのアプリは『■■』という表示で、内容が見られない状態だった。

なぜ早くポイントを使用して使える状態にしないのかと言えば、以前アプリを確認した時に**【ロックの解除には300000ポイントが必要です。ロックを解除しますか？】**と出たからだ。

最初のうちはアプリを解除するのに五万ポイントくらいで良かったのに、急に三十万ポイントに跳ね上がったんだよ!?

ロックの解除だけでそれなら、レベルアップにはどれほどの金額が必要なのか……恐ろしいと思ったものだ。

そんなわけで、このアプリのロック解除はポイントに余裕が出るまで待とうと思っていたんだ。

でも、今は事情が違う。

使えるアプリは多い方がいいし、何より今が手持無沙汰《てもちぶさた》でこの重苦しい空気に耐えられない！

そういう理由から気を紛らわせる意味も込めて、このタイミングでロックを解除しようと思い至ったのだ。

【300000ポイントを使いますか？】

『はい』を押す。

ロックが解除され、見えないアプリをタップすると、いつものように時計マークが出てきた。

そして、それが消えるまでしばらく待つと、新しいアプリが表示される。


【新しいアプリが使用出来るようになりました】

【New！『覗き見　Lv1』】

【『覗き見』――タブレット使用者以外の『過去』や『未来』の一部が見られます】

【※アプリのレベルが上がれば上がるほど長く鮮明に見られるようになり、表示出来る人数や範囲も広がります】

【※Lv1ですと一日に一回だけ使用可能。レベルが上がれば回数を増やすことが出来ます】


ロック解除のポイントが高かった割に、制限が多い。

ケチだ！　と心の中で思いながら新しいアプリをタップする。

すると、画面には僕以外の人物――カオツさんとハーネとライ、それにこの馬車の御者《ぎょしゃ》さんの顔が表示された。

どうやらLv1だと僕の半径二～三メートル内くらいにいる人物しか使えないようだ。

そして、見られる人物の下に消費魔力が表示されている。おそらく、対象のレベルが高いと、消費魔力も上がるみたいだ。

その数値は、御者さんが『15』でハーネとライが『35』、そしてカオツさんが『40』だった。

あれ……カオツさんが一番高い。

失礼かもしれないが、カオツさんよりもハーネ達の方が消費する魔力は高いと勝手に思っていた。

だって結構前にグレイシスさんに『アホなAランクパーティ』と言われていたから、そんなに強くないのかなって思ったんだけど……

だけど数字が高いってことは、もしかしてカオツさんはかなりの実力者だったりするのだろうか。

そんなことを思いながら、誰を見ようかと考える。

「…………」

いまだに不機嫌そうな表情を崩さないカオツさんをチラリと確認し——一瞬悩んだが、彼を『覗き見』しようと決める。

あんまり親しくないから勝手に覗くのもどうかと思ったが、好奇心に負けてしまった。

そうと決まれば、タブレットに表示されたカオツさんのアイコンをタップする。

「——えっ？」

直後、一瞬にして、周囲の光景が切り替わった。

ひと昔前のテレビの受信状況が悪い時みたいな灰色の砂嵐が視界に映り、僕の四方を囲んでいるようだ。

ザーッという音も聞こえてくる。

てっきりタブレットの画面に映ると思っていたのに、まさか使用者の周りに投影されるシステムだったなんて！

なんだこれ？　と目を細めると、目の前に誰かが立っているのがうっすらと見えた。

「……これは……カオツ、さん？」

砂嵐が酷くてあまりよく見えないが、誰か……髪の長い女性と一緒にいるらしいカオツさんが見える。

しかしその光景はすぐに切り替わり、ザザッ、ザザザッ、というノイズの音と共に数秒ごとに次々と場面が映し出された。

そして本当に……本当に一瞬だったんだけど、僕とカオツさんが楽しそうに笑っているのが見えて——プチッとテレビの電源を消すように砂嵐が消える。

「……ん⁉」

今見た光景にビックリしたせいで大きめの声が出て、カオツさんに睨《にら》まれてしまった。

ペコペコ頭を下げて、タブレットで顔を隠す。

え、えぇ？　今の何？　僕とカオツさん、楽しそうに笑い合ってませんでした⁉

もう衝撃的過ぎて言葉が出てこない。

今まで舌打ちされるか睨まれるか怒られるかしかなかったので、あれは未来の出来事……なのかな？

たとえ未来であったとしても、カオツさんとあんなに仲良く出来る日が来るなんて、想像も出来ないんですがっ!?

「……なんか、疲れちゃった」

あまりに驚愕の内容だったため、精神的な疲労が来てしまった。

僕はタブレットを腕輪に戻してから、ダンジョンに着くまで寝ようと目を閉じたのであった。

【虫喰いの森】の探索

しばらくして目を覚ますと、ダンジョンの入り口近くの村まで来ていた。

ハーネ達に聞いたら、五時間くらい移動していたらしい。

僕達が目指すダンジョンは、村からさらに歩いて一時間ほどのところにある。

でも、そこへ行くまでの道が舗装《ほそう》されていないため、途中から徒歩で移動しなきゃならないのだ。

ハーネかライに大きくなってもらって移動すれば早いんだけど、その方法は使わない方がいいとフェリスさんに言われている。

特に、暁以外の冒険者と動く時は気を付けてとのことだった。

多分僕を心配してのことだと思うんだけどね。

ともかく、馬車を降りてお金を支払い、この後の動きを相談しようとカオツさんに話しかけようとしたが……

「準備が整っているのならさっさとダンジョンに行くぞ」

そう言って、ズンズン進んでいってしまった。

引き離されないよう後を追いながら、ここに来る前にクルゥ君とした話を思い出す。

実は、【虫喰いの森】について、どんなところなのかと事前に聞いていたのだ。

この森の魔獣には、ハーネやライのような獣系よりもレーヌやエクエスのような虫系が多く、それを主食とする魔草がたくさん生息しているらしい。そこから【虫喰いの森】と言われてるんだって。

それらの魔草はいろんな状態異常を引き起こす成分を持っていたり、自分の意思で動いたりするそうだ。

もちろん危険な魔獣も出現するみたいだけど、このダンジョンでは魔獣よりも魔草にも注意しなければいけないと、クルゥ君は教えてくれた。

自分の意思で動く木々といえば、ランク昇級試験の時のことが頭を過《よぎ》った。

確か『揺《ゆ》れ木の枝』という魔草を討伐しようとして近付いたら、長い枝に打たれて、吹っ飛ばされたんだよね……

あれは痛かったな～と、その時のダメージを思い出しお腹を撫でる。

そんなことを考えながら歩いていくうちに、ダンジョン入り口までもうすぐというところまで来ていた。

僕より少し前を歩くカオツさんを見ると、干し肉のような携帯食《けいたいしょく》を食べている。

ダンジョンの中に入ったらいつ食事が出来るか分からないからね。食べられるうちに食べておいた方がいいということだろう。

カオツさんに倣《なら》って、昨夜準備していたおにぎりをハーネとライにも食べさせてあげながら、その後に自分も口に入れてお腹を満たしておく。

カオツさんは僕達をチラリと見たが、何かを言うわけでもなく、無言で歩き続けていた。

軽く食事を済ませてから少しすると、ダンジョンの入り口まで辿り着く。

ダンジョン内は、比較的歩きやすい感じだった。

以前暁の皆と一緒に行ったダンジョンは、足元が苔《こけ》に覆われ滑りやすいところだったけど、ここの地面は少し背丈の高い草が生えているのだ。

「カオツさん、これからどこに行きますか？」

少し前にカオツさんから手渡されていたダンジョン内のマップ――必要な魔獣や魔草の生息地が示されている地図を見ながら尋ねる。

「今いるところから近い地点に魔草が群生しているから、まずはそこへ行く」

カオツさんはぶっきらぼうにそう言って歩き出してしまった。

その後ろを付いて行きながら、僕は辺りを見回す。

移動中は、横ではライが鼻をヒク付かせながら辺りを警戒し、上空でハーネが周囲に敵がいないか目を光らせてくれているので安心だ。

しばらく歩いていると、地面の一か所が光っているのが視界に入った。

それに気付いた僕はその方向を見ながら、カオツさんを慌てて呼び止める。

「カ、カオツさん！」

「あ？」

不機嫌そうな顔でカオツさんには振り向かれたけれども、僕は「すぐに済むので！」と言って、光っている場所へと走った。

光っているものの正体――それは、キノコの傘がキラキラと輝いている、『てきらキノコ』であった。

以前採取した素早く移動するキノコ――『てくてくキノコ』と同じような魔草であるが、こちらは傘が光っているのと、ゆっくりとしか歩けないという違いがある。

そして何より、このキノコ……タブレットの記述によれば匂いや味、食感がまるで松茸と同じらしい。予《かね》てより僕が食べてみたいと思っていた食材の一つでもあった。

まぁ、魔法薬の材料としてはあまり価値がないし、採れる場所も限られているため、この世界の住人にはあまり見向きもされていないみたいだけど……

僕がキノコの前でしゃがむと、てくきらキノコは土から『よっこいしょ〜』とでも言ってそうな鈍い動きで抜け出し、ポテポテポテ……とどこかへと歩いていこうとする。

すかさず僕は腰に佩《は》いていた剣でスパッと斬って、キノコ達を収穫していく。

全てのキノコを収穫した僕は、ホクホクした顔でカオツさんの元に戻った。

そんな僕の様子を、カオツさんは変なモノでも見るような目で見ていた。

まぁ、お金にもならず、この世界では食べられないとされているモノを採って嬉しそうな顔をしていたら、変にも思うよね。

「……行くぞ」

すぐに前を見たカオツさんは、そのまま何も言わずに再び歩き出した。

僕もそれに続いたんだけど……今まで手に入れることが出来なかったダンジョン内の魔草を前に

我慢が出来ず、その後も珍しいものを見付けるたびに目を輝かせて採取を始めた。

「あ、あんなところにケルティ草が！」

「…………」

「あぁっ⁉　あっちにはミグリクズの実がある！」

「…………っ」

「ちょっといいですか、カオツさん！　あそこにあるオエルギィを採って来ます！」

「…………っ！」

「ほわぁーっ⁉　タケノッコンの新芽まである！」

「…………おい」

これで食材が足らずに作れなかったタブレットの『レシピ』内のメニューも作れるようになるぞと僕は思わず浮かれる。

カオツさんは、相変わらず少し怖い目をしながら、その都度黙って歩みを止めてくれていたのだが……

「わわわっ、ヒピットの実も！　すみません、カオツさ――」

「おぃ、テメェはいったい何しにここに来たんだ？　あ？」

五回目に呼び止めようとした時、ついにカオツさんがキレた。

ガシッと僕の顔を鷲掴《わしづか》みにしながら、額に青筋を浮かべたカオツさんが僕を無表情で見下ろす。

「いいか？　欲しい魔草があるんなら、依頼を終えてから自分でここに来い。テメェのせいで早く終わるものも終われねーだろうがよ！」

ミシミシという音が鳴るくらい強く顔を掴まれ、僕はすぐさま「ごめんなさい！」と謝った。

「ったく……」

少し呆れた表情を浮かべながらも、意外にもあっさりカオツさんは手を放してくれた。

あれ、もっと怒鳴《どな》られるかと思ったんだけど……

「行くぞ」と歩みを再開したカオツさんの後を慌てて付いて行きながら、僕はしゅんと項垂《うなだ》れた。

と、同時にいつも暁のメンバーと行動する時のように振る舞っていたことに対して反省する。

暁の皆は自分達が食べる食材を採取しているという意図を知っていたけど、カオツさんからすれば依頼と全く関係ない行動だ。

こんなことをしていたら、カオツさんに限らず、違う他の冒険者の人と一緒に仕事をする場合でも、同じように怒られるのは目に見えている。

下手をしたら冒険者としての評価も下がるかもしれない。

僕を見ていないのは分かっていたけど、無言で前を進むカオツさんに、もう一度頭を下げた。

「カオツさん、本当にすみませんでした。これ以降は、カオツさんの足手まといにならないよう……しっかり働きます」

「………」

前方でカオツさんが僕をチラリと見た気配がした。

顔を上げると、カオツさんはぼそっと呟《つぶや》く。

「お前の働きなんてはなっから期待なんてしてねーよ」

「……うぐっ」

「俺の足手まといにならなけりゃ、なんでもいい」

そう言って進むカオツさんの後ろ姿を見ながら、僕は挽回《ばんかい》することを心の中で誓う。

――それからの僕は、一心不乱に仕事に励んだ。

途中現れる魔獣をハーネとライの力を使いつつ、時には自分で剣を使って倒す。

また依頼書にあった魔獣や魔草を手に入れる時は、怪我をしないように注意深く辺りを警戒したり、カオツさんに傷付けて欲しくない部位を的確に伝えたりして、サポートした。

最初のうちは僕が「カオツさん、その魔草は酸攻撃をしてくるので気をつけてください！」のようなアドバイスを伝えても、嫌な顔をされることが多かった。

時には舌打ちされることもあったけど、回数をこなすうちに次第にそれはなくなっていき、今では僕の言葉をちゃんと聞いてくれていた。

まぁ、返事は一切ないけどね。

「まっ、今日はこんなもんでいいだろう」

カマキリに似た巨大な魔獣の胴体を斬り落とした後、カオツさんは剣に付着した液体を払って鞘《さや》に収めると、そう言った。

空を見れば、いつの間にかうっすらと暗くなっていた。

僕はカオツさんが倒した魔獣の触角を頭から切り落とし、虹色に透き通った羽も綺麗に体から取り分けて収納用の袋に入れながら、カオツさんに尋ねる。

「カオツさん、どこで野営しますか？」

地図を見ながら、ここから少し先に川が流れている場所があるとカオツさんが言ったので、そこに向かって歩き出す。

ハーネに僕達の行き先を告げ、先に行って危険はないか確認してくれるようお願いした。

僕達が目的地に向かっている途中で、ハーネが体の水滴を振るい落としながら戻ってくる。

そして、危険はないことと、川には魚はいるけど魔獣は存在しないことを教えてくれた。

ハーネの体がびしょ濡れになっていたのは、どうやら川の中に潜《もぐ》って確かめてくれたことが理由だったらしい。

そんなハーネの言葉をカオツさんに伝えたところ、僕より使役獣の言葉が信頼出来るらしく、素直に「あぁ、分かった」と頷いてくれたのだった。

それから川まで来た僕達は、草があまり生えていない平らな場所で野営の準備を始めた。

まずカオツさんは地面にしゃがむと、虫系魔獣・魔草避けのお香が入った香炉《こうろ》を地面に置いた。

そして、それに手を翳《かざ》し、魔法で火をつけて焚《た》く。

僕達の周りに、あまり嗅《か》いだことがないような不思議な香りが漂った。

聞けば、このお香を焚いている間は特定の魔獣達が近寄ってこられなくなるらしい。

ただ、万能というわけでなく、獣系の魔獣や人間には効かない。

そのことを知った僕は、万が一に備え、それらが近寄ってきた場合はハーネとライにすぐに教えてほしいと頼んだ。

「それにしても、不思議な匂いですね」

香炉からユラユラと空気中へ浮かぶ煙を見ながら、クンクンと鼻を鳴らす。

お香と言えば、噎《む》せるくらいキツイ匂いのモノもあるけど、これは仄《ほの》かに香る感じだ。

嗅覚《きゅうかく》が良いハーネとライも嫌な顔をしていない。

火をつけ終えたカオツさんは立ち上がると、クンッと右手を上げた。

すると、カオツさんを中心に緩やかな風が巻き起こる。

その風は香炉から出る煙を巻き込みながら僕達の周囲をクルクルと回り、カオツさんが指をクルりと回すと、煙を含んだ風が僕達に巻き付くように当たる。

まるで団扇《うちわ》で扇《あお》がれたような心地よい風が体全体に通り抜けたと思ったら、カオツさんは僕達の周囲に起こしていた風を止めた。

「念のため、お前らの体にも香を付けておいた。香炉から離れて川の近くに行く場合でも、ある程度の効果があるだろうが……だからって、気を抜くんじゃねーぞ」

カオツさんの言葉に、僕はポカンと口を開けてしまった。

だって……カオツさんが今僕に言ったことって、僕の身の安全を思って処置をしてくれたってことだよね？

あのカオツさんが？　僕のことが嫌いなカオツさんが!?

天変地異《てんぺんちい》の前触れかと思いながらも、「はいっ、ありがとうございます！」と感謝の言葉を忘れずにしっかりと述べるのだった。

カオツさんは僕に対して、それ以上何も言うことはないといった感じで離れると、辺りにあった椅子の代わりになりそうな倒木を持ってきて香炉の近くに座り、剣の手入れを黙々と始めた。

風がやみ、香を纏《まと》ったハーネとライが楽しそうに偵察《ていさつ》へ出動してしまったので、シーンとした沈黙が僕達の周りに流れる。

「あ、あのぉ……カオツさん」

「………」

「夕食はどうしますか？」

「……持ってきた干し肉を食う」

「あ、それなら僕が今から作りま――」

手持無沙汰《てもちぶさた》になった僕が、お礼も兼ねて夕食を作りますと提案しようとした時、カオツさんの靴が汚れているのがふと目に入った。

黒い編み上げブーツだから気付き難かったけど、ピンク色の魔獣の血が付着している。

だいぶ乾いているが、ところどころに残っていた。

「カオツさん、ブーツに魔獣の血が付いてるじゃないですか！」

「あ？ ……んなもん、どうってことねーよ」

「いいえっ！ ここで魔獣の血を付けっぱなしにしていたら、下手すると獣系の魔獣が近寄ってくるかもしれません。それに、血が乾いちゃったら綺麗にするの大変なんですよ!?」

この血が乾いて変色してしまえば、頑固な汚れとなって取れにくくなるのだ。

その大変さは龍の息吹にいた時、全然汚れが取れなくて、僕の中で嫌いな汚れナンバーワンとして君臨し続けるほどだ。

僕がまくし立てるように話すと、そんな僕の様子を初めて見たカオツさんは一瞬驚いた顔をした。

「別に予備の靴があるから、問題ねー」

「もったいないですよ！　それに汚れるたびに替えるわけにもいかないでしょう」

「…………」

僕の勢いに圧《お》され、無言になったカオツさんは、嫌そうな顔で汚れたブーツを見つめながら何かを呟いているようだった。

ただ、声が小さ過ぎて内容は聞き取れない。

なんとなくだけど、カオツさんはブーツを脱ぎたくなさそうな雰囲気を出しているように見えた。

なんでだろう？　と気になりはしたが、ひとまず僕は水を汲むために川辺に駆け寄る。

腕輪から木の桶《おけ》を出し、水をその中に入れるとそのままカオツさんの元へ戻る。

そして、カオツさんの足元に膝を突いた。

「さっ、カオツさん。汚れを取っちゃうのでブーツを脱いでください」

「…………くっ」

カオツさんは苦渋の決断を迫られたような表情をしてから、ブーツの紐《ひも》を緩め――目にも留まらぬ速さでブーツから足を引き抜いた。

そのままあぐらをかいて、足をその中へ仕舞い込む。

「…………」

「……なんだよ」

「い、いいえ、それじゃあ洗いますね！」

ギロッと睨み付けられ、僕は慌てて視線を下に向ける。

足を見られたくないのかな？　と思いつつ、僕は汚れを落とすべくブーツを手に取った。

腕輪の中から重曹と、この世界にある粉石鹸《こなせっけん》を取り出す。

重曹を血の部分にすり込むようにしっかり付け、その上に粉石鹸を塗《まぶ》してから、桶の中にある水を手で掬《すく》って少しずつ重曹と粉石鹸の上に垂らし、指先で優しく撫でる。

龍の息吹時代、いろいろなモノを使って洗ってみたんだけど、この組み合わせが一番よく汚れを綺麗に取り除くことが出来るのだ！

完全に乾ききってしまった場合は、重曹と粉石鹸を水に溶かしたものの中に漬け込み、一晩置けば汚れが剥《は》がれるようにして落ちる。

根気よく撫で続けていると汚れが浮いてきて、最後に綺麗な水をかければ――血は綺麗サッパリと消えていた。

「はい、綺麗になりました！　ただ、僕……乾かすことが出来ないんで、ハーネが戻ってきたら乾かしてもらえると思います」

「いや、それくらい自分でやる」

そう言うと、カオツさんはブーツに手を翳して魔法を発動させ、一瞬にして乾かしたのだった。

そして乾かし終えると、左足のブーツを掴み、脱ぐ時と同じ速さで足を入れる。

続けて右足のブーツを手に取る際、ぶつかったはずみで右足のブーツがパタリと地面に倒れた。

カオツさんは倒れたブーツを手に取り、先ほどと同じように素早く足を入れようとしたが――

「いってー!」

急なカオツさんの大声に僕はビクッとしてしまう。

「カオツさん、大丈夫ですか!?」

右足の小指を押さえるようにして痛みに耐えているカオツさんを見ながら、僕はおろおろすることしか出来ない。

そんな時、ハーネとライが偵察から戻ってきた。

痛みに呻《うめ》くカオツさんを見て、ライは僕の隣に座りながら不思議そうな顔をし、ハーネはカオツさんの頭の上に乗って心配そうな表情で《だいじょうぶ～?》と声をかけていた。

普段のカオツさんならハーネに対してブチギレていただろうけど、今は足の痛みが酷いらしくて気にならないようだ。

いったい何があったのか気になり、「ちょっと失礼しますね～」と声をかけながら、カオツさんが手で押さえている方のブーツを恐る恐る脱がす。

足先を見れば、靴下が切れていたり血が付いていたりする様子はなかった。

そうなると、ブーツの中に何かが入っているのかな？　いつの間に中にモノが入ったんだろう？

疑問に思いながらブーツを逆さにすると――少し先の尖《とが》った小石が中からコロリと出てきた。

その小石を忌々《いまいま》しげに睨みながらカオツさんが吼《ほ》える。

「くっそー……っ、毎日毎日、どんなに気を付けてもなぜか小指に激痛が襲ってきやがる！」

歯を食いしばり、痛む小指部分をサスサスと撫でるカオツさんを見て――僕は、とあるやり取りを思い出していた。

『ふふん♪　アイツには、毎日足の小指を物にぶつけて悶絶《もんぜつ》する呪《のろ》いをかけておいたわ』

いつだったか忘れたけど、クルゥ君とグレイシスさんと一緒に買い物に行っていた時、偶然カオツさんと再会したことがあった。

その時、バッタリ出会ったカオツさんに悪口を言われた僕の姿を見て、別れ際にグレイシスさんがカオツさんに向けて呪いをかけたんだよね。

あの時は、色々カオツさんにボロクソにけなされて、ちょっとは痛い目に遭《あ》えばいいんだくらいに思っていたんだけど……

しばらくしてから、グレイシスさんに呪いを解いてもらうよう頼もうと思っていたはずが、いろんな出来事が重なってすっかり忘れていた。

でも、グレイシスさんだって絶対忘れてるでしょ……

そう思いながら、改めてカオツさんを見れば、かなり痛そうにしているし、それなりに長い時間痛みが続くようだ。

今は目の前で痛みに悶《もだ》えるカオツさんを見て、ざまぁ！　とは思えないし、あれから長い期間呪いによって苦しめられてきたと思うと、心苦しい。

そこで、なんとなく今の状況を聞いてみたところ、ダンジョン内で起こる魔獣との戦闘、それに命にかかわるような仕事をしている時は痛みが襲ってこないんだとか。

ただ、それ以外の時は毎日小指をぶつけるので、これは何かの呪いか状態異常の一種だと思い、解呪《かいじゅ》屋や治療院に通ってみたそうだ。

でも、どこに行っても自分達では治すことが出来ないと言われたらしい。

暁に戻ったらグレイシスさんに解呪してもらおうと決心しつつ、僕は腕輪の中から一口で飲みきれるサイズの魔法薬の瓶を取り出した。

「カオツさん、よければコレ……痛み止めの魔法薬です。使ってください」

「…………悪い」

一瞬手に取るかどうか迷うような素振《そぶ》りをしたカオツさんであったが、ボソッと小さな声でそう言うと瓶を受け取り、素直に飲んだ。

「あ？　なんでこんなすぐに……って、この魔法瓶!?」

魔法薬を飲んだ瞬間に痛みが引いたのだろう、不思議がっていたカオツさんだったが、魔法薬の入った瓶を見てさらに驚いたような声を上げた。

「おっ、お前！」

「うわっ!?　は、はい、なんでしょう？」

「なんでお前がこの魔法薬を持ってるんだよっ!?」

カオツさんが僕に見せるように指し示したのは、魔法薬の瓶に刻印された僕の紋章だった。

「この魔法薬師が調合した魔法薬は、高品質で即効性があるのに良心的な価格で販売しているってことで、今冒険者の間で飛ぶように売れてて、入手困難になってきてるんだぞ!?」

「はぁ……」

「つい最近、ようやくその魔法薬師が直接卸している店を見付けて定期購入にしたはいいが、数に限りがあるから大量に買うことも出来ないって言われたんだ。それくらい人気の魔法薬師だぞ」

カオツさんの言葉に、そこまですごいことになっていると思いもよらなかった僕は、「ほえ～」と気の抜けた声を出してしまった。

もしかして、リジーさんのお店の大口契約者ってカオツさんなのだろうか？

ちなみに、初級までの魔法薬師であれば、自分が調合した魔法薬のひと月分の売上金は、卸している魔法薬店から直接受け取るのが普通だ。

ただ、中級以上の実力があったり、自分の紋章を持つようになったりすると、一度魔法薬師協会が売上金を回収して、その後魔法薬師に支払われる仕組みに変わるのだ。

だから僕も、今まではリジーさんに売れた魔法薬の売り上げを直接、ひと月に一回まとめて貰っていたけど、今度からは魔法薬師協会から受け取るようになる。

ともあれ、この薬瓶のことを知ってるとは思わなかった。

でも僕の薬だとは気付いてないみたいなので、教えることにする。

「あの、カオツさん……よかったら、その瓶の紋章をしっかり見てもらえます？」

「あぁ？」

僕が自分の言葉で伝えるよりも、瓶に刻印されている紋章を見てもらった方が話は早いと思って、カオツさんが持っている瓶を指さす。

カオツさんは不審そうな顔をしながら瓶を見ていたんだけど、ふと、僕の名前を見て動きを止める。

「……は？　い、いやいやいや……んなまさか……」

「これ、僕が調合した魔法薬なんですよ。あ、信じられないなら……このエメラルドを見たら分かっていただけるかと」

僕が腕輪にあるエメラルドをカオツさんに見せたら、愕然としていた。

「……お前、あの時から魔法薬師だったのか？」

「いや、違いますよ！　魔法薬師になったのは暁に入ってしばらくしてからです。同じパーティ内に魔法薬師の方がいて、その方と師弟関係になったことによって魔法薬師になることが出来たんですよ」

「……そうかよ」

カオツさんは何か言いたげな感じだったけど、結局何も言わなかった。

カオツさんに魔法薬を渡した後は、お互い持ってきていた軽食を食べ、明日も早いからと就寝の準備をする。

寝ずの番は、長い時間の睡眠をあまり必要としない魔獣であるハーネとライがしてくれていたので、僕とカオツさんはしっかりと睡眠をとることが出来たのだった。

タブレットの秘密がバレる⁉

それからの二、三日は、カオツさんと一緒に襲ってくる魔獣の討伐をしたり、依頼にある魔草や魔獣の素材集めを黙々とこなしたりしていた。

ここ数日の間で、カオツさんの態度がだいぶ柔らかくなったような気がする。

名前を呼んでも返事してくれないのは今までと変わらないけど、僕の方を見てくれることが増えたし、少し距離が空いたらちゃんと待っていてくれる。

いや、他のメンバーとなら普通のことなんだけど……龍の息吹で今まで散々舌打ちされて怒鳴られて無視されてきたことを考えれば、大きな変化である。

それに……と少し前にいるカオツさんを見る。

ここ数日カオツさんと行動を共にして、その実力の高さにも気付かされた。

今だって、三つの頭を持つ巨大な魔獣と対峙しているんだけど、その様子を見てもそれは分かる。

魔獣はチーターのような見た目で、シマウマ模様。顎下まで伸びている牙を、カオツさんを捕食すべくカチカチと鳴らしている。

ハーネとライも警戒していたし、『危険察知注意報』のアプリを開けば、画面は真っ赤で**【『危険度70～89』命の危険が迫っています。即刻逃げましょう】**と表示される。

だけど、その魔獣と戦っているカオツさんの表情はすごく落ち着いたものであった。

咆哮《ほうこう》しながら素早い動きで襲ってくる魔獣に対して、カオツさんは最小限の動きで鋭い爪を躱《かわ》すと、腰に佩いていた剣を抜き放ってその体へ斬り付けていく。

僕には腕を一振りしただけのように見えたんだけど、魔獣の体には三本、四本と傷が付いていった。

しかもカオツさん、難易度がかなり高いと言われている拘束《こうそく》系の魔法も行使出来るのだ！

あのグレイシスさんでも難しいと言っていた種類の魔法で、暁内で言えば、魔法に精通しているフェリスさんくらいしか使いこなせないものだ。

そんな魔法を涼しい顔で使っているし、剣を使った戦い方も隙がないし……ケルヴィンさんと同等の実力があるように思える。

そんなことを考えていると、体のあちこちに傷を付けられて体力を消耗《しょうもう》してきたのか、魔獣の動きが鈍っていた。

カオツさんが剣を持っていない手を魔獣に向けると――地面から光の束が現れる。

そして、体や三つの首、手足へと絡まると、魔獣の動きを封じた。

僕やハーネはそれを見て、「うわぁっ、カッコイイ！」と興奮していたんだけど、ライは首元を後ろ脚でかいていて興味がなさそう。

カオツさんは地面に縫《ぬ》い付けられるような形で動けなくなった魔獣に近付くと、持っている剣を振り上げて――一気に三つの頭を切り落とす。

魔獣を難なく倒したカオツさんに僕やハーネが賞賛の眼差しを送っていると、カオツさんは僕達の方へ振り向いて口を開く。

「……いいか？　今後のためにも覚えておいた方がいいから教えておくが、こいつを確実に仕留める方法は、全ての頭を切り落とすことだ。一つでも残っていたら、他の頭が再生して、厄介な仲間を呼びやがる。分かっ……た、な……」

カオツさんの言葉が途中で途切れたのでどうしたのかと首を傾げていると、カオツさんは僕達に向かって右手を向けた。

直後、灼熱《しゃくねつ》の炎が、僕の頭上ギリッギリを通り過ぎる。

び……っくりしたぁ。

咄嗟《とっさ》にしゃがんで炎を避けたけど、バクバクと鳴り響く心臓に手を当てながら、そ～っと後ろを振り向く。

見れば、真っ黒焦げになったひょろ長いモノが一つ、地面に落ちているのが目に入った。

形を見るに、ハーネが進化する前のお仲間さん……かな？

でも、辺りを見回しても他の魔獣は見えないのに、なんで葉羽蛇《はばねへび》一匹にあんなすごい威力の魔法を放ったんだろうか。

もしかして、僕が分かっていないだけで、脅威となりうる魔獣が潜んでいたとか⁉

そう思ってアプリを確認しても、画面は警告が消えていたし、近くに魔獣の表示はなかった。

首を傾げながらも立ち上がり、まずは助けてもらったことに対する感謝を述べねば！　とカオツさんがいる方へ振り向いた瞬間、ガシッ！　と顔を鷲掴みにされた。

あれ？　ちょっと前にも似たようなことがあったような……？

「……おぃ、テメェ」

「ほぁ⁉　か、カオツさ――」

「お前、ダンジョンにいるのに、なに気を抜いてやがる」

「え？　あの、その……いだっ⁉　ちょ、ちょっとカオツさん、痛いっ！　いた、いだだだだっ！」

徐々に指の力が加えられてギチギチと鳴る骨に悲鳴を上げる。

カオツさんの腕や顔を掴む手をペシペシ叩いてギブアップを告げると、最後にグッと力が加えられた後に指が離れていった。

地面にしゃがみ込み、掴まれた箇所を両手で擦っている僕の側に、ハーネとライが《だいじょうぶ？》と心配そうに近寄ってきた。

そんな僕達をカオツさんは苦虫を噛み潰したような表情で見下ろしていたんだけど、一度溜息を吐くと何も言わずに踵《きびす》を返し、自分が倒した魔獣の元へ行き、解体を始めていた。

その額や首筋には、先ほどまでの涼しげな様子と違い、汗が浮かんでいる。

僕を助けるために動いたあの一瞬で、あんなに汗だくになってしまったのだろうか。

かなり焦っていたようだったけど……

それからの僕達の行動は、とても静かなものだった。

ハーネとライも無駄口は一切叩かず、僕やカオツさんに指示された通り忠実に動く。

そんな風に作業を進めていると、時間があっという間に過ぎていき……本日の分は終了した。

今日休む場所は、周りに大きな木が並んだところだ。

カオツさんは地面に香炉を置いて香を焚くと、周辺の木と木の間にロープを張り……簡易ハンモックを作った。

そして、そこに腰かけながら、黙々と武器の手入れを始める。

僕は腕輪の中から地面に敷くマットと布を取り出して座る場所を作ってから、ハーネやライと夕食をとることにした。

ダンジョンに入って以来、就寝までの時間は各自好きに過ごしていたので、僕はハーネやライにおやつをあげたりブラッシングしてあげたりしている。一方でカオツさんは、寝る前の少しの時間、少量のお酒を嗜《たしな》む習慣があった。

今日もいつものようにジャーキーのような干し肉を口に咥《くわ》えながら、お酒が入ったミニボトルを出そうとして――ずっとポケットの中を探っていた。

「チッ、飲み切っちまったか……」

カオツさんは眉間に皺を寄せながらそう呟くと、そのままふて寝するように、片足だけ地面に付けてハンモックに横たわった。

そんなカオツさんを見て、本日の失敗を挽回《ばんかい》するべく、僕はあることを考え付いた。

まず、少しだけ地面に穴を掘ってもらうようライにお願いする。

その間に腕輪の中から『ショッピング』で以前購入しておいた固形燃料と炭、その他にライター代わりとなる炎導石火《えんどうせっか》という道具や焚火テーブル、鍋などを出す。

《ごしゅじん、これくらいでいい？》

腕輪から取り出したものを地面に置いていると、穴を掘り終えたライが声をかけてきた。

「うん、ありがとう。ちょうどいい大きさだよ」

頭を撫でたら、ふんす！　と鼻息を大きくしながら胸を張っていた。可愛いな〜。

僕はライが掘ってくれた穴に炭と固形燃料を重ねて置いてから、小さな焚火テーブルを設置した。

ちなみにこの焚火テーブルは……なんとラグラーさんの手作り！

鉄製の折りたたみ式テーブルで、少し重いけど安定感がある。

一人キャンプをする時にもってこいな便利アイテムだ。

次に炎導石火なんだけど、これは魔法を使わなくても簡単に火をつけられる優れもので、二つの炎導石火を擦《す》り合《あ》わせるとポロポロと粉チーズのような粉が落ちる。

それを炭にかけてしばらく待てば……炭にかかった粉からパチパチと火花が飛び跳ね、簡単に炭全体へと火がつくのだ。

ハーネが翼を動かして火を強くしてくれた後、焚火テーブルの網の上に小さな鍋を置く。

そんな設備でこれから何を作るのかといえば、『レシピ』にあった、『ホッと一息、ホットリンゴ甘酒』という飲み物だ。

ここ数日は暖かかったんだけど、今日は少し肌寒い。

寝るにしても火の番をするにしても、少しでも体が温まるものがあればいいかなと思いついたのだ。

また、『レシピ』によると、効果に**【疲労回復＋20】**とあったので、ある程度の疲労感は解消されるんじゃないかとも思っている。

ダンジョン内に入ってから今日まで、お風呂なんて入ってない。川の水を鍋で沸かしたお湯でタオルを濡らし、それで体を拭いて汚れを取っていた。

それだけでも気持ちいいけど、やっぱり温かい湯船の中に入るかシャワーを使うかしない限り、疲れを取りきれないんだよね。

なので、お風呂に入れない分、疲労回復効果がある甘酒でも飲んで、疲れを取ってほしいと考えたわけだ。

カオツさんにはお世話になりっぱなしだから、こういう時に役に立ちたい。

それに、いつもお酒を飲んでいるカオツさんならこの差し入れは喜んでもらえるかもしれないしね。

ちなみに、なんでリンゴを入れた甘酒をチョイスしたかというと、ただ単に、カオツさんがリンゴに似た果物をいつも食べていたのを思い出したからである。

そんなわけで、さっそくホットリンゴ甘酒を作っていこう。

腕輪の中から使う材料を取り出し、小さな鍋の中に『ショッピング』で購入した甘酒を注ぐ。

そしてその甘酒を温めながら、以前お菓子を作る時に買っていたシナモンスティックでクルクルとかき混ぜた。

温めている間、僕は手に持ったリンゴに似た果物——リッコの下準備も進める。

皮を剥《む》いてから、おろし器ですりおろしておき、甘酒が沸騰する直前に鍋の中に投入した。

シナモンの匂いは人によって苦手な場合もあるので、ここからはシナモンスティックではなくスプーンでゆっくりかき混ぜるよう注意する。

鍋から甘酒とリンゴの甘酸《あまず》っぱい匂いが、ふんわりと漂ってきた。

クツクツと音を立てながら甘酒が温まってきたところで、焚火テーブルから鍋を下ろし、コップの中に注ぐ。

二つ並べたコップと、それからハーネ達用のお皿に甘酒を注ぎ終えれば完成だ。

ハンモックの方を振り向けば、何を作っているのかと不思議そうな顔をしてこちらを見ていたカオツさんと目が合った。

眉間に皺を寄せたカオツさんは視線をすぐに外してしまったが、コップの中身が気になるのかチラチラとこちらを見ている。

カオツさんも意外と可愛いところがあるなぁと思いながらも、そんな態度は表に一切出さず、甘酒が入ったコップを持ってカオツさんの方へ足を向けた。

「カオツさん、よかったらこれ、飲んでみませんか？」

少し冷ましてからコップをカオツさんへと差し出す。

カオツさんは最初、コップを見ながら不審そうな顔をしていたんだけど、甘酒と甘いリッコの匂いにつられたようにコップへと手を伸ばした。

コップを手に取り、クンクンと中身の匂いを嗅《か》ぎつつ、僕がニコニコしているのを見て――意を決したように口を付ける。

ゴクリと喉が動き、温かい甘酒を体の中に取り込んだカオツさんが、驚いた表情でコップの中身を凝視した。

「な、なんだこれ⁉」

「あれ、お口に合いませんでしたか？」

自分で飲んでみても、なかなかいい味だったんだけどな〜？

それに、飲みたそうな素振《そぶ》りをしていたハーネやライにも与えたら、《おいしい！》と言ってくれだけど……

あ、もしかしてリッコを——果物を温めるのはダメ派とか？

酢豚にパイナップルを入れるのはダメな人がいたり、リンゴは大丈夫だけど加熱したリンゴは嫌いって言う人もいたりするみたいだし、そういうことかな？

しかしカオツさんはコップを指さして、全く予想と違う言葉を口にした。

「おいっ！　これを飲んだ瞬間体が軽くなったぞ⁉」

あ、味じゃなかったのね……と思いながら、僕はちょっと驚く。

『レシピ』で作った料理の付与効果に気付かれたからだ。

僕が龍の息吹にいた頃、『レシピ』のレベルは1だった。

その時でも、美肌効果や疲労回復のような何かしらの効果が付与されていたんだけど、あまりにも微々たる数値で、美味しい以外の効果が分かりにくかったのだ。

つい先日、レベルを3に上げたんだけど、暁の皆は「なんかさらに美味しくなった！」ぐらいの反応しかなかった。

毎日僕の料理を食べ慣れているから、何らかの効果が少し上がったくらいだと気付きにくくなってるのかもしれないな……

その点、カオツさんは『レシピ』のレベルが上がってから今日初めて食べたので、自分の身に起きたちょっとした変化にすぐ気づいたのだろう。

「あ、あははは〜！　さすがカオツさん、よく分かりましたね！　実はこの飲み物の中に、僕お手製の魔法薬を少量入れているんです」

咄嗟の判断で僕はそう言っておいた。

実際、飲むタイプの魔法薬は飲み物や食べ物に混ぜられるものもあるからか、カオツさんはあっさり納得してくれた。

はぁ……焦った。

例えるなら、すごく疲れた時に全身揉《も》み解《ほぐ》しマッサージを受けた後に感じる体の軽さに似てるかもしれない。

それに体の中心からポカポカと温かくなってきた。

甘酒を飲み終わったカオツさんは洗浄魔法でコップを綺麗にしてから僕に返すと、そのままハンモックに横になって寝てしまった。

僕も使い終わったものを洗ってから腕輪の中に仕舞い、寝床へと戻る。

そして、ハーネとライが僕の足元やお腹の上で体を丸めて寝ている中、僕はタブレットを開き、アプリ『覗き見』をタップした。

初日の馬車の中で見た後も、ここ数日、タイミングがあればこっそりカオツさんのことをこのアプリで見ていたんだけど、映る映像のほとんどが、ちょっとした日常の一コマみたいなものだった。

ただ、昨日見た時にカオツさんの秘密の一つを僕は知ってしまった！

なんとカオツさん、あんな強面《こわもて》な見た目に反して超猫舌なのだ！

熱い食べ物を口に入れて「あっち！」というような素振《そぶ》りをしていたり、湯気が出ている飲み物にゆっくりと口を付けた後に違う飲み物——おそらく冷たいものを慌てて飲んだりしていたのだ。

だから、さっきの甘酒もある程度冷ましてから渡したんだよね。

この秘密を知った時は、意外と可愛いところもあるんだな……と、カオツさんに直接言ったら怒られることを考えてしまった。

さて、今日はどんなカオツさんが見られるかな～？

少しワクワクしながら『覗き見』のアプリにあるカオツさんをタップする。

目の前の光景が灰色の砂嵐へと切り替わり、ノイズ音が聞こえてくる。これも今では見慣れたものだな。

しばらく見た感じ……今回のカオツさんは、ダンジョンで魔獣と戦っているシーンが多いような気がするな。

映像が鮮明じゃないから分かりにくいけど、今よりも若い見た目ということを考えると、過去の映像なんだろう。

よく見れば、カオツさんと一緒にいるメンバー、男性四人の中に龍の息吹で僕がお世話になった人は誰もいないようだ。もしかすると、カオツさんが龍の息吹に入る前の出来事なのかもしれない。

そうこうしていると、時間切れになって『覗き見』アプリは終了してしまった。

ふ〜っと息を吐き出してからマットに横たわる。

満天の星空の下、仰向《あおむ》けになって目を閉じれば、ふと過去のカオツさんが脳裏に浮かび上がる。

さっき見えた昔の仲間——男四人組のパーティを組んでいたカオツさんは……本当に楽しそうに、皆と喋ったり笑ったりしているのが見えたんだよね。

龍の息吹でのカオツさんとは大違いだ。

「ふわぁ……っ、うぅ。明日も早いし、僕ももう寝ようぅっと」

僕が欠伸《あくび》をしてそう呟くと、ハーネとライの目がパチリと開き、いつものように寝ずの番をしてくれたのだった。

アプリ『傀儡師《くぐつし》』の本気

そして次の日。

カオツさんと共に行動をする最終日となりました！

いや〜、本当にあっという間に日にちが過ぎていったよね。

今日は『コンゴール』というマンモスに似た魔獣の牙を数本と、『ケラケラ草』と呼ばれる魔草を収穫する予定だ。

コンゴールは牛くらいの大きさで、荒々しい魔獣だ。しかも、見た目の大きさに反してかなり俊《しゅん》敏《びん》で力も強く、戦いにくい。

ケラケラ草は、風に揺れた時に葉と葉が擦《こす》れてケラケラと笑ったような音を出す様子から名付けられた魔草である。

素手で触れたら毒にやられて皮膚《ひふ》が酷い火傷《やけど》を負ったように爛《ただ》れてしまうので、取り扱いには注意しなければならない……とタブレットには記載があった。

カオツさんはそれを知っていたのだろう、この魔草の毒を防ぐ専用の革手袋を嵌《は》めて、次々とケラケラ草を採取していく。

ダンジョンの深層部に近いところにしか生息しない魔草なので、周囲には手強い魔獣や魔草がたくさんいるのが厄介なんだけど、カオツさんは難なく採取を終えたのだった。

それから先へ進むと、前方のカオツさんが手で制してきた。

「おい、ここからは今までとは少し違うからな。ボサッとしてんじゃねーぞ」

腰を低くし、声を潜めて注意するカオツさんの視線の先には、開けた場所で寛《くつろ》ぐコンゴール達がいた。

細長い尻尾を振りながら地面の草を食べていたり、気持ちよさそうな顔で寝ていたりしている。

ザッと見た限り、四頭くらいの体格のいいコンゴールがいるようであるが、その光景はまるで牧場にいる牛達のようである。

だが、一見もふもふな毛に覆われて可愛く見えても、実際は獰猛《どうもう》で危険な魔獣だ。

今までよりも一層気を引き締めなければならない。

僕が頷くと、カオツさんは腰に佩いていた剣を抜いて、コンゴール達がいる方へと駆け出した。

この数日見てきて、今も改めて思うけど、本当にカオツさんの動きには無駄がない。

怒り狂う三頭のコンゴールに同時に攻撃されているのに、涼しい顔をしながらその鋭い牙から身を躱しつつ、魔獣の体にダメージを与えている。

「よしっ！　僕も頑張るぞ！」

僕はフンッと鼻息を荒くしながら、タブレットを開く。

僕の力では、カオツさんのように獰猛な魔獣と渡り合うのは到底無理だ。

なので、ここはタブレットの力を借りようと思います。

使用するアプリは――『傀儡師』。

今回このアプリを出したのは、コンゴールを操るのではなく、まだ試していない『オートモード』をここで使ってみようと思ったからだ。

『オートモード』というのは『傀儡師』内の機能の一つで、自分の体を自動で動かしてくれるというものだ。

一応、Lv1の『オートモード』なら、以前ダンジョンに一人で潜った時に使ったことがある。

僕の意思に関係なく体が動くんだけど、体の感覚はそのままあるから、体の使い方を知るいい勉強になったんだよね。

『こういう時は、あんな風に動けばいいのか～』とか『あ、こうすれば簡単に倒せるのね』とか、『そっか、剣を振る時に無駄な力が入っていたんだな』という具合だ。

Lv1でもいい動きが出来ていたけど、今はLv3まで上げていて、それに伴《ともな》って性能も上がっているはずだから、コンゴール相手でも上手に立ち回れるかもしれない。

それに、いざという時はハーネやライもいるからね。

僕自身の実力のみで戦うよりは危険は少ないでしょ。

ということで、『オートモード』内にある『戦闘』『回復』『使役獣』『支援』をタップ。これらのモードは複数選択可能で、状況に応じて最適な行動をとってくれる。

危なくなったらそれらを解除して『回避』をタップすれば、距離を取って逃げることが出来るのだ。

空中に表示される画面には、僕の全身が映された画像と、操れる時間を刻むタイマーやメーター、それに今の僕の魔力量などが表示されている。

これはラグラーさんを操っていた時と、ほとんど同じ。

今は、レベルが上がったおかげで魔力が減ったらオートで回復するシステムも搭載《とうさい》されるようになっていた。手持ちの魔法薬が切れるまでという制限はもちろんあるけれど。

画面の端に映る魔法薬の残数が少なくなったら要注意だ。

時間表示が『**13：00**』となった瞬間から、僕の体は動きだす。

腰を低くかがめながら、カオツさんと戦っているコンゴール達から少し離れた場所で周囲を警戒する、一頭のコンゴールへと向かう。

走っている途中、僕の体は腕輪から魔法薬を数種類取り出していた。

顔を上げれば、僕に気付いたコンゴールが鼻息を荒くして、僕の方へと突進してくるのが見えた。

「ライ、地面に向かって電撃攻撃。ハーネは上空からコンゴールに向かって風をぶつけて、地面に縫《ぬ》い付《つ》けて」

勝手に動く僕の口から出た指示に、ライとハーネが従う。

まず、僕の前に出たライがバチバチッと雷を纏《まと》った角を土に刺すと、地面がボコボコと盛り上がりながらコンゴールへと向かっていき――コンゴールはその地面を踏みしめた瞬間、悲痛な声を上げる。

電気ショックで体が一瞬硬直したコンゴールに、ハーネが畳《たた》みかけるようにその上から風の攻撃を加えた。

風の塊に押さえつけられ、コンゴールは手足を伸ばした状態で地面へと倒れこむ。

巨体が地面に倒れた瞬間に舞い上がった土埃《つちぼこり》の中を、僕の体は突き進んだ。

そして、コンゴールの体の上に登ると、その毛深い体に一太刀《ひとたち》入れてちょっとした傷を作り、そこに手に持っていた魔法薬をかけた。

何を使ったのかチラリと空中に浮かぶ画面を見たら、麻痺《まひ》系の魔法薬だった。

どうしてだろう？　と考えていると、急に視界が大きく変わる。

僕の足がコンゴールの体を蹴って、違う場所へ向かっていたのだ。

いったいどこに行くのかと思っていたら、視線の先の藪《やぶ》の中から、一頭のコンゴールが顔を出していた。

よく見たら他のコンゴールよりも一回りくらい体が小さい。

コンゴールの幼獣《ようじゅう》……まではいかないが、かなり年若い個体なのかもしれない。

そのコンゴールは僕を見て牙を剥くが、僕の体は走る勢いを緩めずに突き進み、コンゴールの目の前で軽くステップするようにして鋭い牙を躱すと、その勢いで剣の切っ先を首筋に突き立てる。

ブオォォッ！　と悲鳴を上げながら首を振る小さいコンゴール。

急所を目掛けて剣を突き立てたようだけど、僕の膂力《りょりょく》では深く刺すことが出来ず、致命傷とはなっていない。

「ハーネ、ライ、体当たり！」

僕の指示を受けて、二人は同時に小さいコンゴールの横腹に体当たりする。

よろけたところに体当たりをされ、コンゴールは簡単に横に倒れた。

僕はすかさず駆け寄ると、首に刺さったままの剣の柄頭《つかがしら》に足をかけ――グッと力を入れてとどめを刺す。

クタリと力が抜けて地面に倒れ伏すコンゴールを見てから、空中に浮かぶ画面を見る。

思っていたより魔力が減ってるな……

たぶん、僕だけを動かすのならそんなに魔力消費はされないんだろうけど、ハーネやライといった使役獣を同時に使ったりすると、魔力を激しく消耗《しょうもう》するのかもしれない。

心の中で『オートモード』を解除するよう呟くと、体の自由が戻る。

「ふぅ……強い魔獣を相手にするのは初めてだったけど、けっこう使えるな、このアプリ」

これまでは筋肉の鎧《よろい》をまとった魔獣を相手にする時、なかなか深く剣を突き立てることが出来ずに苦労していたんだけど……

まさか足を使うことによって剣を深く刺してとどめを刺せるなんて思いもよらなかったから、今の『オートモード』での戦いで、知れてよかった。

いい勉強になったなぁ。

ただ、あんな軽やかなステップは、自分で動く時は無理だな。

絶対足首を捻《ひね》る自信がある。

そんな風に考えていると、背後から荒い鼻息が聞こえてきた。

そろりと後ろを振り向けば、先ほど麻痺系の魔法薬をかけたコンゴールが血走った眼でこちらを見下ろしている。

怒り狂った顔で、後ろ足だけを使って立ち上がり、僕を踏み潰すために前足を上げていたのだ。

そして、それが振り降ろされる一歩手前で——コンゴールの太い首に、トスッ、と細長い剣が突き刺さった。

剣が首に貫通した勢いのまま、コンゴールの体が横に倒れる。

僕が腕を顔の前で交差した状態で固まっていると、カオツさんが少し離れた場所からこちらに向かって歩いてきていた。

カオツさんは僕の前で倒れているコンゴールの首に足をかけて、突き刺さっている剣のグリップを握り、そのまま引き抜く。

それから付着していた血を払いながら、こちらを睨むように見てきた。

「……おい」

「は、はいぃ！」

鋭い視線に、以前カオツさんに怒られた時のことが思い返されて、僕は両手を太ももにピシリと揃え、直立不動の姿勢を取った。

カオツさんは眉間に皺を寄せてしばらく僕を見ていたが、はぁっ、と一度溜息を吐いてから、自分がさっき倒した数匹のコンゴールの方へ足を向ける。

「まぁ、今までの中では一番いい動きだったが、最後の最後で詰めが甘《あめ》ぇんだよ」

「え……ぁ」

え、もしかして……今、ちょっとだけカオツさんに褒められた？

カオツさんの言葉の意味を理解するまで数秒かかったが、すぐに喜びが全身に広がった。

う、嬉し過ぎる！　でも……その前にお礼を言わないと。

「あの、カオツさん！　助けていただきありがとうございました！」

僕が勢いよくそう言うと、「んな大きな声で叫ばなくても聞こえてんだよっ！」と怒られてしまった。

とにかくこれで、倒したコンゴールの牙を切り取って回収すれば、依頼の品は全て揃う。それを依頼主の元へ届けることで、依頼終了である。

ここからダンジョンの入り口に行くまでかなりの距離があるから、戻るにはまだ数日かかるだろうな。

そんなことを思っていたら、カオツさんが懐から一枚の紙を取り出した。

何だろうと見ていると、カオツさんはその紙を地面に置いてそれに手を翳し、詠唱《えいしょう》する。

紙に描かれていた魔法陣がカオツさんの詠唱と同時に光り始め、詠唱が終わる頃には立派な扉《とびら》が出現していた。

これは見たことがあるぞ。

フェリスさんも使っていた、あの転移出来るやつでしょ！

「よし、これで繋がったな」

カオツさんは立ち上がると、ノブに手をかけて扉を開ける。

「行くぞ」

「あ、はいっ！」

光の中に入っていくカオツさんの後に慌てて付いて行き、僕の後からハーネとライも扉を潜《くぐ》ったのだった。


扉の先は部屋の中だった。

ベッドが一つと、小さな丸テーブルと一人がけの椅子が一脚あり、どこかの宿屋の一室のようだ。

カオツさんは着くなり、腰に佩いていた剣をベルトから外し、ベッド横の壁に立てかけていた。

それから溜息を吐きながらベッドの上に腰を下ろす。

俯《うつむ》くカオツさんの姿が、疲れきったように見えるのは……僕の気のせいではないだろう。

声をかけるのもはばかられたが、恐る恐るここがどこか聞いてみたところ、この部屋はカオツさんが借りている宿の一室らしい。

もしもの時のために、ここを帰還場所にしていたんだって。

「あの、カオツさん……転移魔法陣の紙って料金が高いと聞いたことがあるんですが」

「あ？　だったらなんだよ」

「う……いえ、それなら僕も使わせていただいたので、転移魔法陣の使用料を払おうかと……」

僕がそう言うと、カオツさんが溜息を吐く。

「いらねぇよ。俺と同程度の冒険者と行動を共にするなら、帰りにこれを使う予定はなかった。が、蓋《ふた》を開けてみりゃ同程度の冒険者どころかお前だし……」

「うぐっ」

「ダンジョンの入り口まで、またお前の面倒を見ながら帰るぐらいだったら、これを使って一発で戻ってきた方が早い。そうすれば面倒なことも起きず俺の苦労もないからな」

うぅ、耳が痛い。

「だが、お前のようなぺーぺーの冒険者に金を払わせるほど、俺は落ちぶれちゃいねぇ。安心しろ」

ケッと言いつつ顔を背けるカオツさんに、今までの僕だったらビクビクしているだけだったかもしれない。

けれども、依頼を経てカオツさんのことを知った今の僕は、ちゃんと向き合うことが出来た。

「ありがとうございます、カオツさん」

「……ふんっ」

それからすぐに依頼主の元へ行こうかと思ったんだけど、ハーネとライのお腹の虫が盛大に鳴ったことにより、少しだけ休憩することになった。

カオツさんはベッドの上でひと眠りすることにしたようで、その間、僕はハーネとライに、腕輪の中に入れていた携帯食――おにぎりを数個食べさせていた。

カオツさんは本当に疲れていたのか、すぐに寝息を立て始める。

いつも不機嫌そうな顔がデフォルトのカオツさんであるが、少しだけ口を開けている寝顔は年齢よりも幼く見えた。

《どうしたの？》《ねてるの？》とカオツさんを覗くハーネとライに、カオツさんを起こさないよう、シーッと口に指を当てて注意した。

「まだまだ時間には余裕があるから、寝かせてあげようね」

僕がそう言うと、ハーネはカオツさんの頭の上辺りに、ライは体の横で丸くなって一緒に寝る体勢になる。

この二人もここ数日でカオツさんにすごく懐いたな～。

二人もすぐに寝てしまい、カオツさんが起きるまで暇を持て余すことになった僕は、何かやることはないかと部屋の中を見回す。

すると、ベッドの側にカオツさんのブーツが脱ぎ捨てられているのが目に入った。

汚れているかと思ったんだけど、思いのほか綺麗だ。

たぶん、ブーツを脱ぐ前に、魔法で汚れだけは取り除いたのかもしれない。

ふと自分が穿《は》いているブーツの靴底を見てみれば、付着していた泥が綺麗になくなっていた。

床を見れば、どこも汚れていない。

視線をライに向けてみれば、ライの足も綺麗になっていた。

おそらくこれも、カオツさんが綺麗にしてくれたのだろう。

ダンジョンの中を数日歩きまわったり、魔獣と激しい戦闘を繰り返したりした僕達の足は汚れていたはずだ。その状態で歩いたら、床を泥だらけにしてしまっていただろう。

それを考えて、どうやら僕の靴やライの足も、ついでといった感じで掃除《そうじ》してくれたようだ。

カオツさんの優しさって……本当に分かりにくいな。

クスクスと笑いながら、僕はタブレットを取り出して『ショッピング』を開く。

汚れをカオツさんに綺麗に取ってもらったんだから、僕は靴のお手入れでお返ししようと思う。

脱ぎ捨てられたブーツを拾い、『ショッピング』で購入したクリームをスポンジで塗っていく。

余分なクリームを布で拭きとっている間、なんだか懐かしい気分になってきた。

龍の息吹でも、今のように皆の靴のお手入れをしていたよな〜。

まぁ、あの時は人数が多かったから大変だったんだけど。

それに靴だけじゃなくて、剣や防具の手入れ、服の修繕《しゅうぜん》とかもいろいろしていたし、やることがいっぱいだった。

「……うんっ、綺麗になった」

磨き上げたブーツはキラキラと光っているように見えた。

本当は防水スプレーとかをかければ完璧なんだろうけど、さすがに室内でスプレーを使うのは、寝ているカオツさんの迷惑になりそうだからね。

ベッドの下にブーツを揃えて置いてから、カオツさんを見つめる。

一人で依頼を受けているってことは……龍の息吹が解散してから、カオツさんはどこのパーティにも入らず、新設することもなかったのかな。

どうして、龍の息吹を解散させたんですか？

——なーんて気軽に聞けるはずがないよな。

以前より、少しばかり関係が良くなったからと言って、さすがにこれはダメでしょ。

……すごく聞きたいけど。

そうこうしているうちに時間が経ち、寝ていたカオツさんが起きた。

短い仮眠を取ったカオツさんはスッキリとした顔をしていたんだけど、ブーツに足を入れて立ち上がった瞬間、眉間に皺を寄せて足元——ブーツを見つめる。

「…………おい」

「はい、どうしましたか？　カオツさん」

首を傾げながら返事をしたら、カオツさんはジーッと僕をしばらく見つめた後「……いや、何でもねぇ」と言って口を閉じてしまった。

そして休憩を終えた僕達は、そのまま依頼主である『黄昏の魔女』の三店主さんがいるお店へと向かう。

「はい、依頼通りの材料が全て揃っておりますね……ふむ、状態もかなりよろしい」

カオツさんが魔法薬の材料となる魔獣と魔草が入った袋を渡すと、ダルティーさんは受付の中で袋の中に入っている材料を確認し、嬉しそうな顔をした。

それから「日数も早く、思った以上に素晴らしい状態でしたので、報酬を上乗せさせていただきます」とありがたいお言葉を貰った。

「またご縁がありましたら、よろしくお願いいたしますね」

そう言って頭を下げたダルティーさんに挨拶をしてから、僕とカオツさんはお店を出る。

「あーっ！　終わった、終わった！　さてと、帰って酒でも飲むかぁ」

お店を出ると、カオツさんは片腕を伸ばしてから首をコキコキと鳴らし、そのまま何事もなかったかのような感じで歩き出す。

「え？　あ、あのっ、カオツさん！」

最後の挨拶もなく歩き出したカオツさんに僕が慌てて声をかけると、カオツさんはすごく嫌そうな顔をして振り向いた。

「……あんだよ」

「あ……いや、その！　ダンジョン内では大変お世話になりました！　カオツさんと一緒に行動して、とてもためになることや学べることがいっぱいありました。ありがとうございました！」

そう言って僕がぺこりと頭を下げたら、さらに嫌そうな顔をされたけど、カオツさんに対して嫌だったり怖かったりという感情は湧かなかった。

僕が気にせずニコニコと笑っていると、頭が痛いといった感じでカオツさんは片手で額を覆った。

そして、はぁっと息を吐き出してから僕を見る。

「確かに、お前はあの時よりは……同じパーティにいた時よりは強くなってる。そこだけは認めてやるよ」

そんな風にカオツさんが言ってくれたことがすごく嬉しくて、思わず笑みを浮かべる。

「だが、お前は使役獣に頼り過ぎだ」

しかしそう続けられて、すぐに項垂《うなだ》れてしまった。

「だから、注意力が散漫《さんまん》になる時がある。使役獣が成獣ならまだマシだったかもしれないが、こいつらはまだ幼獣だ。幼獣にしては強い方だろうよ。だが、それに頼り過ぎればお前の成長はそこまでだな」

カオツさんの言葉が胸に刺さる。

「まぁ、今後お前と仕事をすることなんて金輪際《こんりんざい》ないだろうし、そんなことどうでもいいがな」

カオツさんは肩を竦《すく》めるようにしてそう言うと、再び歩き出した。

そんなカオツさんの背中に向かって、僕は感謝の気持ちを込めて頭を下げる。

しかし、数歩足を進めたカオツさんは、そこでピタリと立ち止まると、くるりと振り返って僕に指を突き付けてきた。

「それともうひとつ！　お前、そろそろ短剣から卒業しろっ！」

そう言うと、今度こそ前を向いて歩いていった。

……短剣？

僕はまばたきしながら、腰に佩いている剣に視線を向ける。

これは、Bランク昇級試験を受けると決めた時、ラグラーさんに選んでもらって購入した短剣だ。

剣を持ったことがなかったことを考慮して、最初は長剣じゃなくて短剣を選んだんだよね。

でも、今カオツさんが言うように、そろそろ短剣を卒業してもいいのかもしれない。

魔獣との戦闘時、やっぱり短剣より長剣の方が戦いやすいと思うし、リーチが長い方が絶対にいい。

最後の最後まで助言をしてくれるカオツさんに、僕は感謝の気持ちを込めて、その場で改めて頭を下げた。

そして頭を上げると、人混みの中に消えていくカオツさんの姿が見えなくなるまで手を振るのだった。

久しぶりの暁

「ただいま戻りました～！」

暁の家の近くで、これから周辺の偵察に行ってきまーす！　と言わんばかりの勢いで飛んでいったハーネとライと一度別れた僕は、元気よく家の玄関を開けた。

しかし……誰からも返事がなく、家の中はシーンと静まり返っている。

「あれ？　絶対『お腹空いた～！　早くご飯作って！』っていう感じで出迎えてくれると思ったんだけどな……」

全員じゃなくても、誰か一人くらいはそんな人がいてもおかしくはないはず。

もしかして、ギルドで依頼を受けて仕事中なのかな？　首を傾げながら居間へと続くドアに手をかけて中に入った瞬間――僕は目を見開いた。

というのも、居間のソファーや床に、皆の姿が転がっているのだ。

そう、まるでゾンビみたいに。

怖過ぎる……

よく見れば、暁の皆以外にもラグラーさんのお兄さんであるシェントルさん、ケルヴィンさんのお兄さんのアーヴィンさん、そしてお二人といつも行動を共にしているクスマさんの姿まであるじゃないか。

「うわぁぁっ!? どうしたんですか、皆さん！」

慌てながらも、まずは近くに転がっていたケルヴィンさんを助け起こす。

何やらボソボソと呟いているので、口元に耳を寄せてみる
お腹空いた……腹が減った……動けない……空腹だ……もう、ケントなしじゃ生きられない……

みたいな言葉が聞こえてくる。

え、何これ？

よくよく転がっている皆を見れば、お腹に手を当てて、空腹を訴えているようだった。

ラグラーさんは何か口に咥《くわ》えているようだったが、それを見た僕は目を疑った。

なんと、酒のおつまみとして大量に作っておいた骨魚チップスだったのだ。おそらくそれをチマ

チマポリポリと食べて、飢《う》えを凌《しの》いでいたのかもしれない。

これは、早くご飯を作ってあげないと可哀相《かわいそう》だな……

僕が外に出ている間の作り置きはしていったはずだけど、シェントルさん達の姿もあるということは、皆であっという間に食べきってしまったのだろう。

僕はさっそく、台所へと向かう。

まずは、何を作るかだけど……ここは調理に時間がかからないものがいいよね。

しかも今回は人数が多いから、とにかく量が多いものが適しているかもしれない。

ん～、何がいいかなー？

『レシピ』を見ていたら、いいものを発見した。

それは『簡単早くて美味しい！　ミルフィーユ鍋』であった。

「お、これいいじゃん。あ、でも皆で食べられるだけの大きさの鍋がないな……よし！　ここは『ショッピング』で大きな鍋とか必要なものを買っちゃおう！」

『ショッピング』を開き、五～六人用の土鍋を二つと、豚バラ肉などを手早く購入する。

冷蔵庫を開けて、白菜に似たシロナという野菜とネギに似たヒョロネーギーも出しておいた。

ミルフィーユ鍋では白菜とお肉だけでいいみたいだけど、ヒョロネーギーは我が家のドンであるフェリスさんの好物の一つだからね。

まずシロナを一枚ずつはがし、バラ肉と交互に重ねていく。

重ね終えたら五センチ幅に切って、ヒョロネーギーも根元を切ってから同じ幅で切る。

切り終えたら鍋の縁《ふち》に沿うようにして敷き詰めていき、鍋の中心まで綺麗に入れた。

もう一つの鍋にも同じ工程を繰り返す。

敷き詰め作業が終わったら、棚から顆粒《かりゅう》ダシが入った瓶を取り、蓋を開けてそれを全体にかかるようにふりかける。その次にお水や塩、醤油《しょうゆ》を加えて火にかけておく。

煮立ってきたらアクを取り、それから蓋をして数分煮る。

その間、タレの準備を並行して進めよう。

鍋のスープは薄味にしているので、いろんなタレを用意して美味しく食べてもらおうと思う。

まずは定番のポン酢、それから塩ダレやごまダレ、ラー油や砂糖を加えた醤油ダレや、甜麺醤《てんめんじゃん》を使った甘い味噌ダレ。唐辛子や豆板醤《とうばんじゃん》を使った辛味味噌のタレなんかもいいなと、たくさん作っておく。

女性陣はサッパリ系も好きなので、レモンに似た果実——レモモもカットして出しておくことにした。

そろそろ鍋もいい感じになってきたところで、いい匂いに釣られたのかハーネとライが帰ってきた。

《あるじ～！　はーねもおなかすいた！》
「あはは、もう少しで出来るからね。あ、そうだ。ハーネにお願いがあるんだけど」
《いいにおい！》
《な～に？》
「これ、解凍してもらえるかな？」
僕は冷凍庫の中から凍《こお》らせておいたごはんを取り出すと、ハーネに解凍を頼む。
《まっかせてぇ！》
ハーネに解凍を任せている間に、土鍋の火を消して冷蔵庫の中から卵を取り出す。
取り出した卵を割らずにボウルに入れた僕を、ライが首を傾げながら見てきた。
《ごしゅじん、たまご……つかわないの？》
「ふふふ……これは最後のお楽しみ用だよ」
《……？》
不思議そうにするライに笑いかけていると、解凍が終了していた。
ありがとう、とハーネに感謝してから、水でお米をザッと洗っておく。
「よしっ！　これで準備完了～。それじゃあ、鍋を食卓テーブルに持っていくよ」
火傷しないようにタオルを使って、大きな土鍋を持ち運ぶ。

台所から居間に出ると——床やソファーの上でゾンビと化していた人達が復活し、食卓テーブルにちゃんと座っていた。

しかも、僕が何も言わなくても食器がちゃんと並べられている。

テーブルに重い鍋を二つ置き、数種類のタレの説明をした後に、蓋を開ければ——「「「おぉ！」」」と皆が感嘆の声を上げた。

いや、普通の鍋なんだけどね？

「皆さんお待たせしました！　熱いので気を付けて食べてくださいね」

僕がそう言うが、いつもならばすぐに手を出していた皆に動く様子はない。

あれ？　どうしたんだろう。

不思議に思い、フェリスさんを見たら真面目な顔で「ケント君、椅子に座ってくれる？」と言われる。

よくよく皆の顔を見回すと、少し硬い表情をしていた。

え……僕、何かしたっけ？

内心ビクビクしながら椅子に座る僕を見たフェリスさんが口を開いたと思えば——

「お帰りなさい、ケント君」

柔らかく微笑みかけてくれた。

それから、皆が笑顔になって口々に「お帰りっ！」「お帰りなさい」「おぅ、無事で良かったぜ」「お帰り」と言ってくれる。

極限の空腹状態の中でも、皆が「お帰り」を言うために待ってくれていたのだった。

そのことに嬉しくなり、僕も「ただいま！」と言った瞬間――

「それじゃあケント君、いただきますっ！　さ〜、食べるわよー！」

フェリスさんが両手をスパーンと目にも留まらぬ速さで打ち付けて、それを合図にするように、皆も我先にといった感じで鍋に箸を伸ばす。

僕はそんな皆をポカーンと見ていたんだけど、料理をガツガツ食べて「うっまぁ！」と至福そうな顔をする皆を見たら、笑うしかなかった。

「ぷっ……あははは！　皆さん、たくさん作ったので、焦らずゆっくり食べてくださいね」

いろんな味で食べられるミルフィーユ鍋は好評で、かなり大きな土鍋で作ったのにもかかわらず、鍋の中身はあっという間に皆のお腹へと収まったのだった。

ただ、皆ちょっとだけ物足りない表情をしている。

その様子を見た僕は一度台所に行くと、水で洗ったご飯と卵を持って皆のもとへ戻る。

ふふふ、これで終わりじゃないんだなー。

「クルゥ君、お鍋を少し温めることは出来る？」

僕が鍋の中にご飯を入れてからそう聞けば、クルゥ君は頷いてから二つの鍋に手を翳す。

するとと、鍋の底からプクプクと泡が出てきてスープが熱くなっていった。

「ありがとう」

湯気が立ってきた鍋の中に、といた卵を加えてゆっくりとかき回していると、フェリスさんがお耳をピコピコ動かしながら反応した。

「あぁっ！　それは『おじや』ね！」

「おじ……や？」

聞いたことがなかったのであろう食べ物の名称に首を傾げるシェントルさんに、フェリスさんは得意そうな顔で説明をし始める。

「そう、鍋の最後に、ご飯と卵を入れるの。麺を入れるのもいいけれど、私はだんぜんこの『おじや』がおススメよ！」

「ほぅ……」

暁に来てから何度か鍋をやっているけれど、おじやはフェリスさんの大好物の一つとなっていた。

恐る恐るといった感じで、おじやに口を付けるシェントルさんであったが、一口食べた瞬間にカッと目を見開いたかと思ったら、ガツガツと食べだした。

どうやらシェントルさんのお口にも合ったようである。

こうして、鍋の中身は綺麗サッパリなくなり――ゾンビと化していた皆を元の姿に戻すことに成功したのであった。


翌日、僕はグレイシスさんの部屋に向かっていた。

部屋のドアをノックすると、明るい声で返事をしながらグレイシスさんが扉を開けてくれる。

「はーい。あら、ケント……私の部屋にまで来るなんて珍しいわね」

グレイシスさんはそう言って後ろに下がり、僕を部屋の中へ招いた。

「それで？　私に何か用があるの？」

「はい、あの……グレイシスさんが以前カオツさんに放った呪いを解いてほしいんです」

「え、呪い？」

言われた意味が分からないと、きょとんとした顔をするグレイシスさん。

けっこう前過ぎて、グレイシスさんの記憶から削除されているんだろうな……

僕がカオツさんのことを説明すると、「あぁ、あのバカ男ねっ！」とプリプリと怒り出した。

「思い出しただけでも腹が立つわね……って、でもどうして急にそんなことを？」

「あ、実は昨日まで一緒に依頼を受けていた冒険者が、そのカオツさんでして」

頭を掻きながらここ数日あったことを説明すると、グレイシスさんに「嫌なことされなかった⁉」と心配された。

僕の体全体を見て、怪我をしたところはないか確認までするから焦った。

「いやいやいや！　そんなことはされてないですって！　それどころか、ダンジョン内ではカオツさんにすごいお世話になったんですよ」

「……信じられないわね」

僕の言葉に、グレイシスさんはジト目を向けてくる。

まぁ、僕だって依頼で一緒に行動をしていなかったら、グレイシスさんと同じ反応をしていたかもしれないけどね。

「本当に、カオツさんにはお世話になったんです。それに、カオツさんと一緒に行動して、カオツさんのすごさを初めて知ったといいますか……とにかくっ！　カオツさんはいい方です！」

龍の息吹にいた頃とは違ったのだと熱弁したら、グレイシスさんは片手を振って僕の言葉を遮った。

「あ〜、はいはい……分かったわよ」

肩にかかる長い髪を指先で払ってから、パチリッと指を鳴らす。

「はい、呪いは解いておいたわよ」

「え、もう終わりですか？」

「あんな子供の悪戯程度の呪いなんか、これぐらいですぐ解けるわよ」

あまりの呆気《あっけ》なさに驚いていると、グレイシスさんはあっさりそう言った。

どこに行っても治すことが出来ないと言われたって、カオツさんが言ってたんだけどなぁ……

暁の皆って、やっぱり何気にすごい人達の集まりなんじゃないかと思ったのだった。

ラグラーさんのお願い

グレイシスさんの部屋を出て、裏庭の雑草を取っていたら、ケルヴィンさんが声をかけてきた。

「ケント、ちょっといいか？」

「はい？」

取り除いた雑草を一か所にまとめ、土がついている手袋を外しながらケルヴィンさんの方へ向かう。

「仕事の途中に悪いな……実は、相談があってな」

「僕に……ケルヴィンさんが相談ですか？」

首を傾げてそう問うと、ケルヴィンさんが頷く。

「付いて来てくれ」

「あ、はい」

ケルヴィンさんは敷地内を出て外へと歩いていく。

ここでは話せない内容なのかな？　どこまで行くんだろう？

いろいろ考えながらその背を追って歩くことしばし、町の中を通り過ぎて、僕がギルドの昇格試験を受けるために初めて魔獣を倒す練習をした場所までやってきた。

懐かしい場所に来たなと辺りを見回したら、僕達がいるところよりも少し先の方——ダンジョン入り口付近にラグラーさんがいるのが見えた。

僕とケルヴィンさんに気付いたラグラーさんが、こちらに向かって手を振っている。

「お～、ケント！　来てくれてありがとな！」

ラグラーさんの元へ行くとそう言われたのだが、どうして呼ばれたのかがいまだに分からない。

「僕に何か用がありましたか？」

そう聞いた途端、ラグラーさんが僕に両手を合わせて頼み事をしてきた。

「頼む！　俺とケルヴィンの剣の稽古《けいこ》に付き合ってくれ！」

その一言に唖然《あぜん》とする。

僕の頭の中に一瞬クエスチョンマークが浮かぶけど、意味を理解した瞬間、手と首を振った。

「無理、無理ですよ⁉　昇級試験の時よりは剣の扱いが上達したとはいえ、二人の剣の稽古に付き合えるほどの実力なんてありませんし！」

「いやいや、そんな頼みは俺だってしねーよ」

真顔で僕の言葉に、ラグラーさんが答える。

ですよね～！

え……じゃあ、僕は何をすれば？　と首を傾げていると、「ほら、お前には特殊能力があるじゃん！」と言われた。

特殊……能力？

はて？　そんなものがあったか？

「ほら、ケルヴィンが操られていた時に、俺を使ってケルヴィンと戦ってくれただろ？」

悩んでいたところにそう言われ、ようやくラグラーさんが何を言いたいのか分かった。

以前帝国に行った時に、僕が『傀儡師』のアプリでラグラーさんを操った時のことを言っているんだな。

たぶん、ラグラーさんとケルヴィンさんは、『傀儡師』のアプリを使って僕にどちらかを操ってほしいのだろう。

それは……まぁ、構わないんだけど。

ただ、アプリを使ってラグラーさんを操っていたことを、一切説明してないんだよね。

まぁ、あの時はいろいろな事情があったし、有耶無耶《うやむや》な感じになって忘れ去っていたんだけど……うん、操られたラグラーさんが忘れるはずがないか。

僕は内心ダラダラ冷や汗を流しつつ、どう説明したらいいのかと悩んだ。

正直に言って、もしも二人に……暁の皆に嫌われたらと思うと、怖い。

ギュッと目を瞑ってから開き、「実は――」と話し出そうとしたんだけど、ラグラーさんにガシッと両肩を掴まれた。

「ケント、お前……本当はレア特殊能力者だったんだな！」

「……はい？」

言われた内容が分からず首を傾げると、ケルヴィンさんとラグラーさんが説明してくれる。

「物を動かしたり、動物と会話が出来たりといった特殊能力者はそこそこいるが、人や動物などの意識や体を意のままに操ることが出来るクルゥのような人間は、レア特殊能力者と呼ばれるんだ。こういうレアな能力を持った人間は狙われやすい」

「だから、一般の人間がこの能力を持っていた場合、隠して生きる者がほとんどでな。ケントがこの力を隠していたのは当然だし、気に病む必要はないぞ」

「そうだな。むしろあの時は、今まで隠していた能力を使ってまで、ラグラーや私を助けてくれて……感謝する」

ケルヴィンさんが胸に手を当てて頭を下げて感謝の言葉を述べてくれた。

いいや、確かに隠してはいたんだけど、そこまで感謝されることでもないと言いますか……

あ、でも、このタブレットを所持していろいろなアプリを使えること自体をひとまとめに、レア特殊能力を持っているって言っていいのかな？

僕がそんなことを考えている間も、二人の話は続いていた。

「まぁ、その力を使いこなせるようになれれば、一流の冒険者になることも出来るが……息をするように能力を使いこなせるようになるのは、ほんの一握りの人間しかいないのが普通だ」

「そうだな～。でも――」

ラグラーさんは言葉を切ると、僕を見てニカッと笑う。

「いや～、あの時のケントはすごかった！　なんてったって、操られていたとはいえ手抜きが出来ないケルヴィンに引けを取らない戦いをしたんだからな！」

以前の訓練の時、練習とはいえ手加減が出来ないと言っていたケルヴィンさん。そんな彼を傷付けないように戦うのは難しかった。

その一方で、元の世界でやっていたゲームみたいな感覚もして……ちょっと楽しかったというのは内緒である。

それから改めてラグラーさんの話を聞くと、なるべく腕を鈍《なま》らせないように剣の稽古をしたいと常々思っていたらしい。すぐ近くにケルヴィンさんという剣の使い手がいるものの、その彼が『手加減が一切出来ない人』ということで、相手をしてもらうのを泣く泣く諦めていたんだって。

でもつい最近、僕がラグラーさんを操ってケルヴィンさんと戦ったことを思い出したらしく、あのレア能力を使ってもらえば稽古が出来るのではと思い至り、僕にお願いしたということらしい。

「お願いします！　ケントさん！」

「ラグラーに少し力を貸してやってくれないだろうか？」

両手を合わせて拝むように頭を下げるラグラーさんと、苦笑しながら申し訳なさそうに言うケルヴィンさん。

いろいろとお世話になったラグラーさんとケルヴィンさんに、僕が恩返し出来る機会は正直言って少ない。

そんな二人の役に立てるなら、僕は協力を惜しみませんよ！

僕はドンと拳で胸を叩く。

「分かりました……任せてください！」

こうして、二人の木刀を使った稽古に付き合うことになったのだった。

「お〜い、俺の準備はいいぞー！」

「は〜い！　……ケルヴィンさん、いいですか？」

「あぁ、よろしく頼む……——っ!?」

ケルヴィンさんの後ろに立って、『傀儡師』のアプリを使用すると、一瞬にして体の自由を奪われたケルヴィンさんが驚いた表情をした。

「それじゃあラグラーさん、始めますよ！」

「おぅっ！」

ラグラーさんの返事を聞いた僕は、頭の中でケルヴィンさんが木刀を構えるイメージをする。

すると、目の前のケルヴィンさんもその通りの動きをした。

グッと腰を低く落としてから、土を蹴《け》って駆け出す。

手首を捻り、地面スレスレから上に向かって木刀を振り上げれば——とても楽しそうな表情をしたラグラーさんが、半歩移動してその攻撃を躱して、すぐに反撃を仕掛けてきた。

最初この話をされた時は、以前みたいにラグラーさんを操るのかと思っていたんだよね。

でも、お願いというのはラグラーさんじゃなくてケルヴィンさんを操ってほしいというものだった。

なにせケルヴィンさんは手加減が出来ないので、僕が操ることで丁度良い強さに調整する。これでラグラーさんに大怪我を負わせず、心置きなく戦えるようになったわけだ。

変則的な動きで打ってくるラグラーさんの木刀の側面を払って逸《そ》らしたり、上に跳ね上げて躱したりする。

剣道のような防具もない状態で喉《のど》を狙うのは、傷を治すことが出来る魔法薬があるとはいえさすがに怖いので、今回は肩や腕、胴、腿《もも》、脛《すね》、足先などを狙って攻撃していく。

しばらくお互い打ち合いを続けていたが、一度距離を置くために、ケルヴィンさんをバク転で下がらせる。するとラグラーさんが「やべー、楽し過ぎるんだけど！」と腕をブンブン振り回していた。

その言葉に僕も頷く。

コントローラーはないけど、頭の中で想像するだけでケルヴィンさんを思うように動かせるのは――やっぱり楽しい。

傷を癒《いや》す魔法薬と痛覚麻痺の魔法薬、それに体力を回復させる魔法薬を、僕がいちいち飲まなくてもオートで使用出来る設定にしてある。

なるべくケルヴィンさんに怪我を負わせないように動かすつもりだけど、ラグラーさんだって一流の剣の使い手だ。

僕からしたら格闘系のゲームの感覚だけど、一切ダメージを受けないわけじゃないから、攻撃を受けたとしても痛みをあまり感じないように、痛覚麻痺の魔法薬も使っていた。

実際、傷を治す魔法薬が消費されているのを見れば、避け切れずに攻撃が当たっているのが分かる。

深呼吸をしてから、改めて目の前に意識を向けて集中する。

今までは守りの態勢をとっていたが、今度はこちらが攻めに転じる番だ。

ラグラーさんが足を一歩前に踏み込んだのを見た僕は、ケルヴィンさんをそちらに移動させ、上半身をグンッと一度下げてから、左斜め下から鋭い一閃《いっせん》を放つ。

「――くっ⁉」

脇腹に入りそうになった攻撃を、ラグラーさんは木刀と腕を使って防いだ。

さすがに木刀だけで防ぐと手首を痛めると思ったのか、咄嗟に腕も使って防いだのは素晴らしい反応だと思う。

しかし、それで出来た隙を僕は見逃しませんよ！

木刀を弾く勢いを利用してケルヴィンさんの体を回転させると、ラグラーさんの足を払う。

「うおっ⁉」

上半身が後ろに倒れたラグラーさん目掛けて木刀を叩き込もうとしたんだけど、ラグラーさんは背中に地面がつくと同時に体を回転させて距離を取った。

「あっぶねぇ……って、うおっ⁉」

ラグラーさんが木刀を構え直す時間を与えないように、僕はケルヴィンさんを動かして攻め続ける。

ビュンッ、と音を立てて木刀の切っ先がラグラーさんの顎を狙うが、それをギリギリで躱されて、こちらの上体が後ろに下がるのと同時にラグラーさんが側頭部に強烈な蹴りを放ってきた。

慌てて左腕を上げて蹴りを防ぐも、すぐに第二撃、三撃が襲ってくる。

蹴りの衝撃を受け流すように腕で弾きながら、相手から距離を取るように動くんだけど……何がすごいって、逃げるケルヴィンさんを追いかけて蹴りを放つラグラーさんの体幹が、一切ブレていないことだ。

だから、どんな体勢からでも剣技にしろ蹴りにしろ、鋭い攻撃が襲ってくる。

チラリと画面を見ると、魔力を回復させる魔法薬の数が残り一になっていた。

時間切れになるのもすぐだ。

気合を入れ直した僕はケルヴィンさんの腕を動かし――振り下ろされた攻撃を頭上で防いだ時に、わざと木刀を取り落とした。

地面に落ちた木刀へとラグラーさんの視線が一瞬だけ動いたのを見た僕は、ケルヴィンさんを思いっ切り体当たりさせて、そのまま押し倒した体の上に乗り上げさせる。

それからラグラーさんの右腕を左手で掴ませて、ラグラーさんの木刀を彼自身の喉元へ押し付けさせた。

「……参った」

グッと喉元に木刀が押し付けられたラグラーさんが、左腕を上げて降参のポーズをする。

それと同時に、ケルヴィンさんを操るのも時間切れになった。

「――っと」

急に体の自由が戻ったことにより、前屈《まえかが》みになっていたケルヴィンさんがラグラーさんの上に倒れこみそうになる。

しかしケルヴィンさんは持ち前の反射神経で、ラグラーさんの喉元に当てていた木刀を瞬時に手放すと、片手を地面に着けて足に力を入れて踏ん張り――ラグラーさんに覆い被さるのを防いだ。

「……ケント、出来れば急に操るのを解除しないでくれないか？　危うくコレと抱き合うことになりそうだったぞ」

嫌そうな顔をしながら立ち上がるケルヴィンさんに、ラグラーさんはツッコミを入れる。

「おい、なんでそんな嫌そうな顔をするんだよ!?　てか、俺だって男に抱きつかれたくないわっ！」

確かに男同士で地面に倒れて抱き合うのは嫌だよな～と思いながら、僕はケルヴィンさんに「ごめんなさい。次は魔力が切れそうになる前に声をかけますね」と謝っておいた。

すると、ケルヴィンさんは感心したように頷く。

「しかし……このケントの能力はすごいし――面白いな」

「だっろ～？　ケントの能力にかかっている間は自分の意思では体を動かせないんだけど、自分の腕や足を動かしている感覚はあるんだよ。だから、今までしたことがないような動き方をすると、『こんな風に動けばいいのか』って新たな戦い方を学べる。それに、自分が戦っているわけじゃないから、相手がどんな動きをするのか余裕をもって見られるのもすごくいいんだよ」

「確かに」

二人は僕の能力について語り合いながらこちらを見たと思ったら、ガシッと肩を掴んできた。

「ケント君！」

「うえっ!?　あ、はい」

ニコっと笑って急に君付けで呼んでくるラグラーさんに、僕は引き気味に返事をする。

「これからも、俺達の稽古に付き合ってくれるよな？」

「え？　えぇっと……」

楽しいし、僕としてもお付き合いしたいのは山々なんですが、そう頻繁《ひんぱん》に付き合うのは疲れるんだよね……。

だって、二人の動きが速くて、常に緊張しながら動かさなきゃならないんだもん。

負けて死んだからといって、ゲームみたいにリセットすれば治るようなものでもないし、何かの操作ミスで大怪我を負わせてしまったらと思うと怖い一面もある。

まぁ、魔法薬で治すことは出来るけど、僕のせいで怪我をさせてしまうのは気まずいからね。

そう思っていたんだけど、ケルヴィンさんにウキウキしたような表情をさせながら「今度は……ラグラーを操るケントと私が対戦してみたい」と言われたら、「よろこんでー！」と言うしかなかった。

だって、いつも澄《す》ました表情ばかりのケルヴィンさんが、楽しそうな顔をしてるんだよ⁉

嫌とは言えないよね。

こうして、僕とラグラーさん、それにケルヴィンさんの三人での稽古が定期的に開催されることとなったのだった。

親子丼を作ろう

「あ、そうだ！　ラグラーさんとケルヴィンさんに相談したいことがあって」

長い木刀を腕輪の中に仕舞っている二人を見ながら、あることを思い出した僕がそう声をかけると、二人は顔を見合わせる。

「ケントが俺らに相談なんて、珍しいな」

「そうだな……それで、私達に相談したいこととは？」

「あ、実は僕の使っている武器のことなんです。以前ラグラーさんに選んでもらった短剣を今でも使っているんですが、そろそろ魔獣討伐にも慣れてきましたし、短剣から普通の剣に変えようかと思っていたんです」

僕がそう言うと、二人とも頷く。

「確かに、これからは強い魔獣と戦う場面が多くなるだろうから、短剣じゃちょっとキツイよな」

「はい。そこで、どんな剣を選べばいいか二人に聞きたくて」

ラグラーさんの言葉に僕がそう返せば、ふむ、と腕を組みながら二人は立っている僕を見つめる。

するとラグラーさんがケルヴィンさんに顔を向けた。

「なぁ、ケントにアレをやったらどうだ？　もう使ってないんだろう」

「そうだな」

話を振られたケルヴィンさんは、僕を見て笑いながら答えている。

なんだろう？　と首を傾げていると、ケルヴィンさんが腕輪の中から何かを取り出して、僕に手渡してくれた。

それは、黒い鞘に納められた、凝《こ》った意匠《いしょう》が施された剣だった。

グリップ部分を握り、鞘から引き抜くと——少し細身だけど、シンプルな形状の剣が出てきた。

それはとても軽く、まるで羽でも持っているんじゃないかと錯覚《さっかく》しそうになる。

グリップ部分も、まるで何年も前から使っているような感じがするくらい、フィット感がすごい。

よくよく見れば、不思議な文字が刃の部分に刻まれているのが見える。

もうこれ……絶対お高い品でしょ。

聞けば、これはケルヴィンさんが幼少の頃に愛用していた剣なんだって。

シュルトリュート帝国の皇子でもあるラグラーさんを護《まも》るために特注で作った剣で、使用者が長時間持っていても疲れにくく、少しの力で最大の威力を発揮出来る代物らしい。

そんなすごい剣を貰ってもいいのかと悩んでいると、ケルヴィンさんに「ケントに使ってほしい」と言われた。

「私がこれを使用することは今後もない。私の手には小さ過ぎて使いにくくなってしまったからな。このままずっと眠らせているよりも、ケントに使ってもらった方が、この剣も嬉しいだろう」

そこまで言われたら、ありがたく使わせてもらうしかない。

「ケルヴィンさん……ありがとうございます、大切に使いますね！　これからも頑張ります！」

力強くそう言えば、「頑張れよ」と肩を叩かれたのだった。

ラグラーさんとケルヴィンさんの二人は、もう少し体を動かしてから帰るということだったので、僕は夕食の支度をするために先に帰ることになった。

一人で歩きながら、タブレットを見て今日の夕食は何にしようかと悩む。

『レシピ』内の画面を見ながらスクロールした時、『親子は親子だけど海の幸の親子丼！』という文字が目が留まる。

「おぉ！　久しぶりに魚系のものもいいね～」

材料を見れば、『ベニシーケ』という名前の魚系の魔獣と、その卵を使った――日本で言えば鮭といくらの親子丼である。

ラグラーさんがシーフード料理が好きなので、冷蔵庫の中にいろいろとストックしている食材はあるんだけども、さすがにベニシーケは捕ってきたことがなかった。

「う～ん、これからダンジョンに行って捕ってくるには時間がかかり過ぎるから……ここは、『ショッピング』で購入だな」

歩きながら『ショッピング』を開き、こちらの世界のものが売っている画面を見る。

検索欄に『ベニシーケ』と入力すると、いろいろと出てきた。

その中でお刺身にしても食べられるベニシーケと、卵をもっている雌《めす》のベニシーケを購入し、腕輪の中に仕舞っておく。

ちなみにこのベニシーケ、自分の中では鮭をイメージしていたんだけど……形は鮭にそれなりに似てはいたが、鮭よりも二回り以上大きかった。

さすがにこの大きさの魚をさばいたことはなかったので、魔獣解体屋さんでやってもらった。

「おぅ、兄ちゃん。兄ちゃんの言った通りに解体し終わったぞ」

「わぁ、ありがとうございます！」

解体屋のおじさんがさばいたのを見ると、ベニシーケの綺麗な三枚おろしが出来上がっている。

今までこんな解体の仕方はしたことがなかったらしく、魔獣の卵なんて使いどころがなくて廃棄するのが普通なのに、いったい何に使うのかと興味津々《きょうみしんしん》なリアクションを向けられた。

ただそれ以上何も突っ込まれなかったので、そのまま「ありがとうございました〜！」と言ってその場を後にする。

油紙に包まれたベニシーケの三枚おろしと、膜《まく》に包まれた卵をホクホクした顔で腕輪の中に入れ、今日の夕食が楽しみだとスキップしながら帰ったのだった。


家に到着した僕は、庭に置きっぱなしだった草をまとめてゴミ袋に入れて処分してから、家の中に入って軽く部屋の掃除をする。

ある程度片付けを終わらせたところで、さっそくベニシーケを使った料理の準備を始める。

台所に立つと、ひょっこりとクルゥ君が顔を出した。

「お腹減ったぁ。ケント、今日は何を食べるの？」

「ふふふ、よくぞ聞いてくれました！」

僕は「ジャジャーン！」と言いながら、まな板の上に置かれたベニシーケの三枚おろしと、膜に包まれた卵を見せた。

「今日はベニシーケとイクラの親子丼だよ～」

「うぇ……魔獣の卵なんて食べられるのぉ⁉」

「これがすっごく美味しいんだって！　食べたら絶対美味しいって言うから、楽しみにしててよ」

そう言ってから、さっそく調理に取りかかる。

まず、膜に包まれた卵――日本だと筋子と言うけれど、それをほぐしていこうと思います！

鍋にたっぷりのお水を入れて火にかける。

温度の目安はだいたい四十度くらいで、ぬるま湯がちょうどいい。

冷水でも出来なくはないけど、ほぐしにくいんだよね。

お鍋の水に気泡がたってきたら一度火を止め、水を加えながら温度計で測りながら丁度良い温度にする。

温度計は地球で使っていたものにそっくりのがこちらの世界にもあった。

「うん、ちょうどいいね。クルゥ君、ボウルにぬるま湯を注ぐから、そこにスプーン一杯のお塩を入れてくれる?」

「分かった」

今回はクルゥ君にもお手伝いしてもらうことにして、ボウルを二つ用意する。塩を溶かしたら、次は筋子を解していく作業だ。

「クルゥ君、このぬるま湯の中に筋子――えっと、魔獣の卵を入れてくれる? 入れたら膜を指で裂いて……」

「こう?」

「うん! そうそう! そうしたら、卵を撫でて膜から剥がしてみて」

僕が見本を見せてみると、同じようにクルゥ君も僕のやり方を真似てやってくれた。

この世界の筋子は力を入れなくても、スルスルと簡単にほぐれてくれたので、すぐにこの作業は終わってしまった。

何回か湯を替えながら、残っている血合いや浮いてきた膜を取り除く。

地道な作業であるが、このひと手間で美味しいイクラになるのだ。

「……へ～、なんか最初は赤黒くて変な色の卵だと思っていたけど、洗ったら透き通った綺麗なオレンジ色になったね」

「本当に綺麗な色だよね！　これに味付けをする前に水分を取らなきゃいけないから、その間に他の作業をするね」

ザルにあげて水切りをしている間に、刺身用のベニシーケを切っていく。

ここは僕が全部やり、手持無沙汰そうなクルゥ君には調味料を作っておいてもらうことにした。

お鍋にお酒とみりんを入れて加熱し、醤油を加えてひと煮立ちさせたら火を止めて、冷ましておくようクルゥ君にお願いする。

「任せて！」と胸を張って鍋を見つめるクルゥ君に微笑みながら、僕は残りの食材を切っていった。

ベニシーケを切り終わり、ザルに上げていたイクラの水分も切れた頃には、調味料も出来上がっていた。

「それじゃあ、新しいボウルの中にほぐした卵を入れまーす」

「入れま～す」

「入れましたら、クルゥ君が作ってくれた調味料を注ぎまーす」

「注ぎま～す」

クルゥ君がお鍋の調味料をイクラが入っているボウルの中へ全て注ぐのを見てから、スプーンで少しかき混ぜて蓋をする。

「それじゃあクルゥ君、ボウルを冷蔵庫に入れてきてください」

「了解であります！」

この冷蔵庫は魔法の冷蔵庫なので、一時間も中に置いておけば、ほどよく味がしみ込む。

その間にご飯を炊《た》いておかなきゃ。

ご飯が炊きあがるまでの間に、稽古をしていたラグラーさんやケルヴィンさん、それから町にショッピングに行っていたフェリスさんやグレイシスさんも帰ってきた。

皆お腹を空かせているのか、もう食卓テーブルに着席している。

もうすぐ出来ますからね～。

「お、炊きあがったみたいだね――クルゥ君、僕が用意した器にごはんを盛り付けてくれる？　あ、あまり盛り過ぎないようにしてね」

「分かった」

クルゥ君が盛り付けたごはんの上に、先ほど切ったベニシーケと冷蔵庫から取り出したイクラをのせて――完成！

「お待たせしました～！」

僕とクルゥ君が丼を運ぶと、皆が不思議そうな表情を浮かべる。

「ケント、この丸いのはなんだ？」

「これはベニシーケと、その卵……イクラと言うんですが、それを使った『親子丼』です」

シーフード好きのラグラーさんがいち早く聞いてきたので、イクラ――魔獣の卵だと言ったら皆にギョッとされた。

「ベニシーケが……親」

「……確かにこの卵は……子ね」

「……親子丼」

「……ほぅ」

僕と一緒に作ったクルゥ君は、それが何なのか既に知っているので無言を貫いている。

魔獣のお肉や魚系の魔獣を食べるのに慣れた人達であっても、普段廃棄するようなものを食べると言われて、さすがにちょっと引き気味であった。

「騙されたと思って食べてください！」

そう僕が言えば、シーフード大好き男子のラグラーさんが、カッと目を見開いた。

「俺はケントの言うことを信じるっ！」

そしてラグラーさんは、男らしくガッと口を大きく開けて、親子丼をかき込んだ。

もぐもぐもぐもぐ……

皆の視線が、目を閉じて口を動かしているラグラーさんへ集まる。

もぐもぐ動かしていた口の動きが止まり、ごくんっと喉が鳴ってから、ラグラーさんの動きも止まった。

「……ど、どうですか？」

ドキドキしながら僕がそう聞けば、ラグラーさんは丼を抱きしめながらこう言った。

「俺は……こんな美味いものを今まで捨てるものだと思っていたなんて……美味《うま》過ぎる！」

ガツガツと一心不乱に食べ始めるラグラーさんを見て、皆も慌てて一口食べ——

「美味《おい》しいっ！」

「美味しい～」

「……っ⁉」

「むぐむぐ、ケント……むぐむぐ、これ、美味し、むぐむぐ」

フェリスさんは目を見開きながら長い耳先をピコピコと動かし、グレイシスさんは頬に手を上げながら蕩《とろ》けそうな表情をしていた。

無口なケルヴィンさんは丼の中身を見ながら感動で固まっていた。

クルゥ君は僕を見ながら一生懸命「美味しい」と伝えようとしてくれている。

盛り付けの時にイクラの味見を少ししたんだけど、薄過ぎず、しょっぱ過ぎずなちょうど良い味付けになっていた。

僕も親子丼を食べながら「うん、美味しい」と笑ったのだった。

それからほどなくして、皆が丼の中身を全て平らげる。

「……美味し過ぎて、一瞬で食べちゃったわね」

フェリスさんが空になった丼を見つめながら、耳を下げてションボリとそう言うと、皆も頷いた。

そんな皆を見ながら、僕はふふふと笑う。

「皆さん……親子丼の他に、イクラ丼を食べてみたいと思いませんか？」

僕のそんな言葉に、皆の目が光る。

一度食べ終えた丼を皆から預かると、そこに熱々のごはんを盛り付け、そのまま皆の前に置く。

ご飯しかないけど？　と言いたげに皆が不思議そうな顔をするのを見て笑いながら、僕は台所からイクラがいっぱい入ったボウルを持ってくる。

「は〜い、それじゃあイクラをかけていきまーす」

白いごはんの上に、キラキラ光るイクラを、お玉を使ってドバドバとかけていく。

溢れそうになる前にかけるのをやめ、皆にレンゲを渡す。

「さすがに食べにくいと思うので、これで食べてみてください」

スプーンとは少し変わった形のれんげで、イクラとごはんを掬って口に入れた皆さんの反応は……また絶対作ってあげたくなるような、そんな嬉しいものだった。

クルゥ君の相棒探し

久しぶりに雨の日が続き、どこにも出かける用事もなくて暇を持て余していた。

ベッドの上では、ハーネとライが萎《しお》れたようにダラ～ンと伸びている。

魔法薬をお店に卸しに行くのはまだ先だし、家事もほとんどやり終えているからな～。

何かやることはないかな、と考えていると、部屋のドアをノックする音が聞こえた。

「は～い」

ドアを開けると、そこにはクルゥ君の姿が。

「あ、クルゥ君。どうしたの？」

「今、ちょっといい？」

「うん、暇してたから大丈夫だよ」

中に招き入れ、椅子をベッドの近くに置いて座ってもらってから、僕はベッドの上に腰かける。

「どうしたの？　何か相談事？」

そう聞くと、クルゥ君はなぜかニヤリと笑った。

え、どうしたのさ？

「ケント、聞いてよ！　実はさ、使役獣を捕まえてきてもいいって許可をようやく貰えたんだ！」

クルゥ君は自分の使役獣を欲しがってたんだけど、自分の能力——魔声が制御できないため、フェリスさんに止められていたんだよね。しかし最近、制御が出来るようになってきたので、問題ないと言って貰えたようだ。

クルゥ君のはしゃぎっぷりを見ると、すごく嬉しいんだと分かる。

ハーネやライと仲良くしてはいるけど、やっぱり自分の使役獣が欲しいって思うよね。

「よかったね、クルゥ君！」

「うん！」

「それで、いつダンジョンに行くか決めてるの？」

僕がそう聞くと、首を横に振られた。

「まだなんだ。そこで相談なんだけどさ……もしよければ、一緒にダンジョンに行ってくれないかな？」

「もちろんいいよ！」

「ほんと？　やったぁ！」

「皆も一緒なの？」

嬉しそうなクルゥ君だが、再び首を横に振る。

「フェリスやラグラーはしばらく用事があって行けないって言うし、ケルヴィンとグレイシスは、二人で数日間ダンジョンに行く依頼を受けちゃってるから無理って言われたんだよね」

「僕達だけで行っても大丈夫なダンジョンに行くの？」

「うん、そのつもり。ケントと一緒なら、初級ダンジョン深層の手前か中級ダンジョンの中層辺りまでだったら行ってもいいよ、ってフェリスが言ってくれたんだ」

「へ～……でも、どうせだったら、中級ダンジョンにいる魔獣を使役したいよね？」

僕がそう聞けば、「ケント、分かってるね～」と肩を叩かれた。

「う～ん、それだったらさ……あともう一人声をかけてみない？」

「もう一人？　それって誰？」

クルゥ君が首を傾げるので、僕はニコっと笑う。

「それは、デレル君だよ！」

以前『俺の力が必要な時に使え』と言って渡された結晶を使うと、眩《まばゆ》い光が結晶から溢れ、風と共にデレル君が現れた。

「ケント、クルゥ、久しぶりだな！」

「久しぶり！　あ、今は忙しくなかったかな？」

「あぁ、大丈夫だ。で、急に俺を呼ぶなんて今日はどうしたんだ？」

デレル君は、僕達の顔を見て不思議そうな顔をする。

「あ、デレルはここに座って！」

「ん？　あぁ、ありがとう」

クルゥ君が座っていた椅子から立ち上がって僕の隣に座ると、デレル君は空いた椅子に腰かける。

「何か困ったことがある……ってわけじゃなさそうだが……」

自分が呼ばれた理由が分からず首を傾げるデレル君に、クルゥ君が前のめりになって「ねぇねぇ、デレル」と口を開く。

「ボク達三人だけで即席パーティを作って、一緒にダンジョンに行ってみない？」

クルゥ君の言葉にキョトンとした表情になったデレル君は、「即席パーティ？」と首を傾げる。

「うん。ボク、ケントと一緒に中級ダンジョンに行って、自分だけの使役獣を捕まえてくる予定なんだ！」

「ほぅ？」

興味を抱いた様子のデレル君に、僕はクルゥ君の言葉を引き継ぐ。

「それでさ、最近デレル君が魔獣恐怖症を克服したってラグラーさんから聞いたのを思い出したんだよ。それでもし都合が合えば、僕達三人だけでダンジョンに行ってみないかな～？　って思って声をかけてみたんだ」

クルゥ君と僕の言葉を聞いて、ふむ、と顎に手を当てて考える素振《そぶ》りをしていたデレル君は、少し間を置き、ニッと口の端を持ち上げた。

「いいな、それ」

「えっ、じゃあボク達と一緒に行ってくれるの？」

「あぁ。ここ最近はそんな緊急の仕事も入っていないし、数日俺がいなくても大丈夫だろ」

その言葉に僕とクルゥ君は「イェ～イ！」とハイタッチをした。

「それで？　いつ頃行く予定だったんだ？」

「いや、まだはっきりとした日にちは決めてなかったんだよね」

「うん。実はクルゥ君とダンジョンに行くっていう話も、本当にさっき決まったばかりだったから」

その言葉に、デレル君は再び顎に手を当てた。

「そうなのか？　う～ん、出来ればあまり忙しくない今のうちに行っておきたい……でも、準備も必要だと思うから――三日後なんてどうだろうか？」

「僕は大丈夫だよ」

「ボクも！」

「よし、三日後に決まりだな。どこのダンジョンに行くのかは、もう決まっているのか？」

デレル君の問いに、クルゥ君は「【意志ある森のダシレンティア】に行きたいと思ってるんだ」

と答えた。

おそらくそこに、クルゥ君が気になっている魔獣が生息しているのだろう。

「あぁ、あそこか……うん、分かったよ」

「じゃあ、僕達が三日後のお昼過ぎぐらいにダンジョンの入り口に着くようにするから、デレル君も準備しててね。入り口に着いたら結晶で呼ぶから」

その言葉に、デレル君は分かったと頷く。

「それじゃあ、三日後に。楽しみにしてるよ」

そう笑いながらデレル君は帰っていった。

部屋にまた二人になってから、クルゥ君に気になったことを聞いてみる。

「そういえば、クルゥ君はどんな魔獣を使役獣にしたいの？」

「空を飛ぶ魔獣かな。ライみたいな獣系の魔獣もいいよね。毛もふさふさしてて、そこに顔を埋《うず》めたら気持ちいいんだろうけど……」

クルゥ君は言葉を区切ると、ライの頭の上に顎を乗せてまったりしているハーネを見つめる。

「ラグラーが攫われた時、助けに行くのにハーネを大きくして空を飛んだりしたじゃない」

「うん」

「ボク、またあんな風に空を飛んでみたいんだよね……」

「ああ、空を飛ぶのって本当にいいもんね！」

クルゥ君の言葉に、僕は強く同意した。

たまにハーネに空を飛んで運んでもらうことがあるけど、あの時の風を切る気持ち良さと爽快感《そうかいかん》は素晴らしいとしか言えないからね！

僕が同意すると、「やっぱりそうだよね！」とクルゥ君がウンウンと頷く。

「はぁ、僕だけの使役獣……待ち遠しいなぁ」

こうして、三日後に男子三人組でダンジョンへと足を踏み入れることになったのであった。


あっという間に三日が経ち、ついに待ちに待ったこの日がやって参りました！

まるで遠足気分のようにルンルンしているクルゥ君が微笑ましい。

今回は数日ダンジョン内で泊まり込みになることが予想されるため、必要な物を全部腕輪の中に入れ込んでいる。

そしてダンジョンまでは、ハーネに運んでもらった。

「いやぁ、すごいいい天気だよね」

「うん。ダンジョン日和《びより》って感じ！」

ダンジョン日和なんて言葉は初めて聞くけど、暑くも寒くもなく、外出には最適な気候だ。

「それじゃあ、デレル君を呼ぶね」

「うん」

結晶を使ってデレル君を呼ぶと、デレル君はすぐに来てくれた。

浮かび上がっていた空中から地面に足を着けると、デレル君は辺りを興味深そうに見回す。

「へ～……【意志ある森のダシレンティア】には初めて来るが、こんな感じなんだな」

デレル君と一緒になって、僕達も辺りを見回す。

このダンジョンは大きな木々が自生しているんだけど、上から見下ろすと、赤や黄色、オレンジなどといった葉の色彩が鮮やかであった。

日本で言うところの紅葉シーズン中の森に来ている気分になる。

「さてと……それじゃあ、足を踏み入れる前に少しだけ確認しよっか」

僕はそう言うと、まずクルゥ君に顔を向ける。

「クルゥ君、この中にクルゥ君が使役獣にと望む魔獣がいるようだけど……具体的にはどんな魔獣なの？」

「僕が気になっているのは、この『シシディンダーク』っていう魔獣だよ。狼の体に鳥の翼を持っているんだけど、陸・空を素早く駆けることが出来るらしいんだ」

クルゥ君が、ご所望の魔獣の絵を地面に木の枝で描きながら説明してくれた。

そういえばクルゥ君……字も綺麗だけど絵を描くのもすごく上手だ。

特徴が分かりやすい魔獣の絵を見て、僕が「なんかカッコイイ魔獣だね」って言うと「そうなんだよ！」とクルゥ君が興奮していた。

やっぱ男の子だね～。

「ふ～ん。まぁ、シシディンダークはそれなりに気難しい性格だが、使役獣に出来ればかなり使い勝手のいい魔獣でもあると言われているな」

一緒に地面を見つめながらクルゥ君の話を聞いていたデレル君が、腕を組みながらそう言う。

「ただ、この魔獣はダンジョンの中層近くに生息しているから、出会うまでの道のりがそれなりに困難だ。まぁそれを撥《は》ね退《の》けて手に入れた時ほど喜ばしいものはない——頑張ろうな！」

「うん！　頑張る！」

クルゥ君ご所望の魔獣が分かったところで、ダンジョン内に入った後のことを確認し合う。

まず、中に入ったらお互い離れ過ぎないようにして行動すること。

次に、絶対に無理はしないことと、危険だと思ったら即時撤退すること。

何かあった時にこの場所へとすぐに戻ってこられるように、デレル君が帰還用の召喚陣をこの場所に魔法で刻印してくれた。そしてその陣と対になるものが描かれた紙を準備してくれたので、僕とクルゥ君はそれを使って戻ってくること。

あとは、道中に食料や魔法薬などの材料となるものがあったら、なるべく手に入れること。

これらのことを確認し終えてから、僕達はダンジョン中層部へと向けて足を踏み出したのだった。


ダンジョンの中は、本当に紅葉シーズンの山の中のようで綺麗だ。

周りに生えている木々はかなり背が高いが、あまり枝は多くない。

なのに地面を見れば、落ちた葉が地面を埋め尽くして紅葉の絨毯《じゅうたん》を作っていた。

「これからどこに向かっていくの？」

「このまましばらくまっすぐ行けば岩場が多い場所に当たるんだけど、そこを突き抜ければ光苔《ひかりごけ》の平原って呼ばれてる場所に出るから、まずはそこを目指そうと思う」

先頭を歩くクルゥ君に尋ねれば、地図と方位磁石《じしゃく》を見ながら答えてくれた。

僕とデレル君は頷くと、辺りを警戒しながらクルゥ君の後を歩く。

「ハーネ、クルゥ君の前を飛んで前方からの襲撃の警戒を。ライは僕達の後ろから何かあったら知らせて」

二人にそう命じれば、《《はーい》》と元気のいい返事をしてそれぞれ前方と後方へと移動し、周囲の警戒を始めてくれた。

僕は僕で、アプリの『危険察知注意報』を常時展開しておく。

空中に浮かぶ画面を見れば、周囲に魔草や魔獣がいないことが分かるが、気を抜かないように歩み続けた。

「それにしても、静かな森の中だな」

ダンジョンに足を踏み入れて数十分経つが、魔獣の姿など一匹も見当たらないこともあって、僕達はのんびりと歩いている。

気分は登山遠足である。

「ねぇねぇ！　そういえばさ、デレルはいつ魔獣が怖いと思うようになったの？　何か原因があったりするわけ？」

前を歩いていたクルゥ君が、首だけ後ろに振り向いて、そんなことを聞いてきた。

デレル君は顎に手を当てて、「う～ん？」と悩む。

「……いや、あまり記憶がないんだよな。たぶん、小さい頃に何か恐怖症になる出来事があったんだと思うんだけど、小さ過ぎて覚えてないんだ。物心がついた時には、もう魔獣全般が嫌いだった」

「へ～」

「そうだったんだね。それじゃあ、さぞかしラグラーさんやケルヴィンさんとの稽古は大変だったんじゃないかな」

僕とクルゥ君がそう聞くと、デレル君は遠い目をして「ハハハハハ」と乾いた笑いを零《こぼ》す。

「師匠達は本当に素晴らしい方達だよな……」

だよな……の後に何も言葉がないことが、デレル君が相当過酷な訓練を積んできたことを物語っていた。

僕とクルゥ君は無言でデレル君の肩をポンポンと叩く。

そんな雑談をしながらしばらく歩いていると、紅葉絨毯の地面から砂利道《じゃりみち》のような地面へと変わってきていた。

「ここからは少し水分を含んでいるな……ケント、クルゥ、靴に魔法をかけるから止まってくれ」

足元を見ながら歩いていたデレル君は僕達に声をかけて足を止めると、滑り止めの魔法を靴裏にかけてくれた。

以前、暁のメンバー全員で魔獣討伐依頼を受けた時、フェリスさんが僕達の靴にかけてくれた魔法があるんだけど、それと同じものらしい。

この滑り止めの魔法は本当にすごくて、水分を含んだ苔の上を全力で走っても全然滑らないし、乾いた土の上を走っている時のような感覚で、ピタッと止まることも出来るんだよね。

怪我の防止にもなるし、魔獣との戦闘中も足元を気にしないで戦えるので、とても便利な魔法と言える。

そんな魔法をかけてくれたデレル君は、僕達に道中、魔法薬の材料となるものを見付けては採取させていた。

「へぇ、こんなところに『フィシュー』の葉があるとは……クルゥ、あの先端が真っ赤に色付いている葉を採っておくといい」

「これ？」

「あぁ。それを魔法薬師協会に持っていけば、一枚五千レンで売れるだろう」

「ほぉっ!?」

「お？　ケント、あそこに一部分だけ皮が白く変色している木があるのが見えるか？」

「うん」

「あの白い皮を剣先で剥がし取って、数日乾燥させてカラカラに乾かしたら……協会に高く売れるぞ？」

「ちょっと採ってきまーす！」

と、こんな感じでデレル君のいろいろな手助けを受けながら進んでいく。

魔法薬師協会の会長様が直々《じきじき》に選ぶ魔法薬の材料となれば高く売ること間違いなし、ということで、僕とクルゥ君はホクホクしながら腕輪の中に入れていたのだった。

　ありがとう、デレル君！

「今までは、冒険者が持ってきた材料の品質を見極めて買い取っていたりしたが……こうして自分の足でダンジョンに赴《おもむ》き、直接見て採るのも悪くないな。魔獣恐怖症を克服出来て本当に良かったよ」

　そう微笑むデレル君に、僕達も良かったねと笑みを浮かべる。

　こんな感じで、たまに魔獣と遭遇して戦うこともありながら、二時間が経った頃——辺りを見れば、少し木と木の間隔が空いてきたのと、地面の石がだんだん大きなものに変化してきたのに気付く。

「道も石や岩が多く目立ってきたな」

「そうだね。ここをもう少し過ぎれば大きな岩が不規則に重なった、歩きにくい場所に出るみたいだよ」

　デレル君の言葉を受けて、クルゥ君が地図を見る。

「それじゃあさ、時間短縮も兼ねてそこは大きくなったハーネに僕達を運んでもらう、ってのはどう？」

「うん、いいんじゃないか？　目的はクルゥが使役獣を捕まえることだけど、そのためには体力は温存しておいた方がいいだろうしな」

僕の提案にデレル君が同意すると、クルゥ君も頷いてくれたので、ハーネにお願いして大きくなってもらうことにする。

《まっかせて！》

そう言って魔法薬を飲んだハーネの体が大きくなると、僕達はさっそく乗り込む。

ライを頭に乗せた僕が先頭で、次にデレル君、最後にクルゥ君が乗った。

ちなみに、魔獣恐怖症を克服したとはいえ、さすがに大きくなったハーネに乗るのは一瞬躊躇《ためら》ったデレル君であるが、「こんなの、なんともない！　俺は魔法薬師協会会長様だぞ！　怖くなんてないっ!!」と叫んでハーネに乗っていた。

うんうん、偉いぞ会長様！

《しゅっぱーつ、しんこ～！》

ふわり、とまるで重力を感じさせない動きでハーネの体が浮き上がったかと思うと、一気に上空へと上がる。

少し顔を横に出して進む方向へ視線を向ければ、積み重なった大きな岩々が僕達の進行を防ぐように鎮座《ちんざ》しているのが見えた。

上空にいても岩がかなり大きいのを見ると、普通に自分の足で歩いて移動したらすごい時間がかかっていただろうな。

そして、僕達の後ろで翼が音もなく動くと、一気にハーネが進む。

一瞬、冷たい風が僕達の肌を滑っていくが、デレル君が手を振った瞬間——淡《あわ》い金色の光が僕達を包み込んだ。

どうやらデレル君が魔法を使って、結界みたいなものを僕達の周りに張ってくれたらしい。

岩場を眺めながらの快適な空の移動が、しばらく続く。

地上より空を駆ける時の方が障害物も何もないので、すごく速い。

次第に岩の大きさが小さくなっていくようになってきたな、と思ったそんな時——『危険察知注意報』が反応した。

空中に浮かぶ画面を見れば、まだまだ離れているけれど、ハーネと同じくらいの速さで画面の中を移動している何かが映っている。もしかしたら、空を飛ぶ魔獣なのかもしれない。

しかも、画面が赤く点滅し、**【危険度70】**と表示されているということは、僕達が束になってかかっても倒せない、強い魔獣だ。

さすがに僕達三人を乗せて素早く移動するのはハーネもキツイだろうし、もしも近付いてくる魔獣に見つかって攻撃された時、こんな高い場所から振り落とされたら助かる希望はないに等しい。

僕が声をかける前に、ハーネも他の魔獣の存在に気付いたのか、高度をどんどん落としていく。

「どうしたの？」

「どうやら、ハーネのように空を飛ぶ魔獣がこっちに向かっているみたいなんだ。だから、いったん降りるね」

不思議そうな顔をするクルゥ君の質問に答えると、二人は「分かった」と頷いてくれた。

あまり木が密集していない場所に着地して、僕達はハーネから降りる。

そして魔法薬をハーネに飲ませて元の大きさに戻してから、上空の魔獣から見えないようにすぐに隠れる。

木の陰から見上げていると、一匹の魔獣——鳥のような大きな魔獣が僕達の上空を旋回《せんかい》しているのが見えた。

僕達の上空を回っていたそいつは、しばらくするとどこかへと飛んで行き、『危険察知注意報』の画面からも消えたのだった。

「……ふぅ。どっかに行ったみたいだね」

「あぁ」

クルゥ君とデレル君が、魔獣が飛んで行った方向を見ながら溜息を吐いていたら、ハーネが僕を見ながら口を開く。

《あのまじゅう、すごくつよいとおもう。でも、なんだろう……きけんなかんじがしなかった～》

《らいも、きけんなかんじしなかった》

「そうなの？」

不思議そうな顔をして首を傾げる二人に、僕も首を傾げる。

『危険察知注意報』では結構危険度が高い魔獣のようだったけど……

僕達を見付けて攻撃してこなかったり、執拗《しつよう》に付け回したりしないところをみると、僕達を襲うつもりはなかったのかもしれない。

そういうこともあるんだな、と思いながらも、いったんさっきの魔獣は忘れることにして、クルゥ君に話しかける。

「クルゥ君、『光苔の平原』はここからまだ距離はあるの？」

「う～ん、地図を見た限りでは、ここから歩いて二時間弱って感じかな」

「それじゃあさ、いったんここで休憩しない？」

「お、いいな。そろそろ歩き疲れたところだったんだ」

「うん、そうだね。ボクも疲れたから、いったん休もうか」

デレル君もクルゥ君も同意してくれたので、今いる場所から少しだけ離れたところにある大きな倒木の側へ移動し、そこで休憩を取ることにした。

デレル君と『間《あいだ》の子《こ》』

クルゥ君は木に寄りかかるようにして地面に座り込みながら、本を読み始める。

題名を見たら、『魔獣図鑑』と書かれていたので、これから使役したい魔獣の情報などをもう一度ここで頭の中に入れているのかもしれない。勉強熱心だな。

デレル君は何をしているのかといえば、少し離れたところでしゃがんでいた。

僕からは背中しか見えないんだけど……地面に何かがいるのか、腕をゴソゴソと動かしている。

何をしているか気になるところではあったけど、僕は、この休憩時間中に何か飲み物でも作ろうかと『レシピ』を開く。

これからまだ歩くし、どうせなら少しでも疲労回復出来る飲み物がいいでしょ。

「ん～……お、これいいじゃん」

見付けたのは、『疲れも吹き飛ぶ甘いミルクセーキ』というものだ。

材料も少ないし、簡単に作れそうだからこれにしよう！

さっそく腕輪の中から、ラグラーさんに作ってもらった折りたたみ式の小さなテーブルと、ガラスボウルと泡だて器を取り出す。

材料はこちらの世界にあるミルクと砂糖と卵、それに『ショッピング』で購入したバニラエッセンス。これだけだ。

ガラスボウルの中に材料を全て入れ――うおりゃぁぁっ！　と泡だて器でかき混ぜる。

僕がかき混ぜていると、カシャカシャという音を聞いたクルゥ君とデレル君が、いつの間にか近くに寄ってきていた。

中身が綺麗に混ざり合い、なめらかになってきたら銀製のカップに注ぐ。

「クルゥ君、これを冷やしてもらえる？」

「いいよ」

カップを受け取ったクルゥ君が魔法で冷やしてくれている間に、ハーネとライのおやつ用に腕輪の中からカット済みの柑橘《かんきつ》類が入った容器を取り出しておく。

「はい、冷えたよ」

僕がクルゥ君にお礼を言っていると、デレル君が興味津々といった様子で見てくる。

「ありがとう」

「もう飲んでいいのか？」

「うん、飲んでみて」

デレル君はさっそく、冷えたコップを掴んで一口飲み――

「なんていうか、優しい味だな」

そう言って微笑んだ。

「本当だ。今までも甘い飲み物は飲んだことはあるけど……あ！　なんか、前にケントが作ってくれた『プリン』の味に似てるかも！」

「プリン？」

プリンという言葉に敏感に反応したデレル君に、クルゥ君はプリンがいかに美味しい食べ物か熱心に説明し始めた。

その説明を聞いたデレル君が、『俺もプリンが食べたいんだけど』と無言の圧力を発してきたので、「今度作ってあげるからね」と言っておいた。

「温めたのも美味しいんだけど、今は歩いてて体が熱くなっていたから、冷たいのにしてみたんだ。今度は温かいのも飲んでみようね」

「うん！」

「あぁ、楽しみにしている」

《はーねものみたい！》

《らいも！》

「あはは、その時まで待っててねー」

こうして、休憩時間はあっという間に過ぎていった。


後片付けが終わり、再び目的地に向けて歩き始める。

そこでふと気になったので、思い切って聞いてみることにした。

「そういえば、さっきデレル君地面にしゃがんで何をしてたの？」

そんな僕の質問にデレル君はニヤリと笑う。

なんだろう？　と僕とクルゥ君が首を傾げていると、デレル君の服の胸元がガサゴソと動いた。

「ん？」

「デレル……服の中に何かいるの？」

二人でデレル君の胸元に注視していると、デレル君はおもむろにそこに手を突っ込み――手乗りサイズより少し大きいくらいの、ハムスターに似た魔獣を取り出した。

「ほわわわわっ⁉」

「ウーサ……いや、違うな。もしかしてこれ、カスピル？」

ウサギみたいに長い耳が垂れ下がった小動物に、僕が胸をキュンキュンさせている隣で、とクルゥ君がこの子の正体をデレル君に聞いていた。

「おっ、よく分かったなクルゥ！　そう、これはカスピルだ」

「えっ、魔獣なの？」

今も空中に浮かぶ『危険察知注意報』の画面には、魔獣の反応が全くない。

えぇ？　と思っていると、デレル君が説明してくれた。

「カスピルは、ダンジョンの中にしか生息していないから魔獣だと言われているが……戦うための牙や爪もないし、大人しいどころか臆病《おくびょう》な性格をしているから、普段は穴の中から出てこない。主な食べ物は雑草か魔草だな。普通の動物は魔草を食べることが出来ないが、これは魔草を食べることが出来る」

つまり、魔草を食べること以外は、普通の動物となんら変わりないってことか。

「へぇ」

「それは知らなかったな」

僕達の視線に気付いたカスピルがプルプル震えながらデレル君の洋服をよじ登り、スポッと首元から服の中に入っていった。

どうやら、言っていた通りかなりのビビリらしい。

デレル君が服の上から優しく撫でると、カスピルは長い耳と顔だけをピョコリと出して、震えながら僕達をジーッと見つめていた。

「あと、俺達妖精《ようせい》族の間では『間の子』とも呼んでいる」

「あいだのこ？」

「普通の動物でも魔獣でもない……その真ん中のような存在を、そう呼ぶことがあるんだ」

デレル君の説明に、僕とクルゥ君は「なるほど」と頷き合う。

「で、どうしてそのカスピルがデレル君にこんなに懐いているの？」

僕がそう聞けば、デレル君はニヤニヤ笑いながらクルゥ君を見た。

なんでそんな顔で見てくるのかと言いたげなクルゥ君だったが、デレル君が次に発した言葉に、口をパカリと開けて大声を上げた。

「ふふふ……こいつは俺の使役獣――ティッチだ！」

「はぁぁぁっ!? なんでデレルが使役獣を!?」

「いや、なんか俺も自分だけの使役獣が欲しくなってさ」

デレル君はそう言って、カスピル――新しく手に入れた使役獣ティッチの頭を撫でて可愛がる。

それから詳しく聞き出したところ、さっきしゃがんでいた時に怪我をしたティッチを見付けていたそうだ。ビクビクと震えている姿を見ていたら、魔獣を怖がっていた昔の自分を思い出したらしい。

確かに初めて会った時、デレル君はリチューという魔獣に自身を変化させていたんだけど、そこでハーネを見てかなり怯えていたもんなぁ。

そんなわけで可哀相に思ったデレル君は怪我を治し、使役獣にしたんだって。

ズルいと悔しがりながら地団駄《じだんだ》を踏むクルゥ君の肩を、僕は「まぁまぁ、落ち着いて」とポンポン叩く。

「ほら、クルゥ君はカッコいい魔獣を使役したいんでしょ？　これからだから！」

「うぐぐ……確かに」

悔しがるクルゥ君をなんとか宥《なだ》めつつ、僕達は先に進んでいく。

そうそう、この世界で魔獣を使役獣にする方法を、デレル君とクルゥ君の会話で知ることが出来たんだよね。

ティッチを使役することに成功したデレル君に、クルゥ君が最終確認のような感じで使役方法を尋ねていた。それを、僕が近くで耳を大きくしながら聞いていたってわけ。

僕の場合はタブレットのアプリで簡単に使役することが出来たから、この世界での本来の捕まえ方が分からないんだよね。

とはいえ、「どうすれば使役出来るようになるんですか？」なんて今さら聞けないじゃん。

多分この質問をしたら、向こうからは「じゃあ、どうやってケントは魔獣を捕まえたの？」なんて聞かれるだろうし、それにどう答えたらいいか分かんないし。

だから、二人の会話を聞けたのはラッキーだった。

なんでも、魔獣を使役したいと思った場合、その魔獣に向かって魔力を乗せた声で会話をする必要があるんだって。

会話をすることによって、使役したい魔獣に自分の魔力の量や質、それに強さなどを分からせる。

そして、魔獣がその人物に使役されてもいいと思えるなら使役獣になるんだとか。

魔獣のお気に召さない時は、そのまま襲われるということだった。

あとは、魔獣をはるかにしのぐ魔力量を有していれば、ゴリ押しで使役獣にするのも一つの手であるらしい。

クルゥ君、頑張れ！

それにしても……はっきり言ってデレル君の使役獣であるティッチは可愛い。

ただすごく臆病な性格なのか、デレル君の首元から頭以外を出さずに過ごしていたし、ハーネが挨拶をしに行ったら、すぐに服の中に隠れてしまっていた。

おそらくデレル君じゃないと使役するのも一苦労かもしれない。

そんなことを考えて、ハーネやライに「なるべく脅かさないようにしなきゃダメだよ」と注意をしていると、ふと、足元に変化があるのに気付く。

土や砂利の隙間などに、金色に光るものが見えたのだ。

「クルゥ君、この足元で光っているのが、光苔なの？」

「うん、この斜面を登り切った先に目的地があるみたいだね」

クルゥ君が辺りを見ながら地図を確認し、そう言った。

ただ、言われた斜面を見上げると……けっこう角度があって、登るのに時間がかかりそうだ。

「う〜ん、地図はこんなに険しい斜面じゃないんだけどな」

「ここはダンジョン内だからな。もしかしたら『変動』したのかもしれない」

「『変動』？」

聞きなれない言葉に首を傾げていると、ダンジョンの中の地形や構造が変わることが稀にあるんだとデレル君が教えてくれた。

一年や数か月以内に変わる場合もあるし、数百年の間何も変わらないこともある。『変動』はダンジョンの不思議として解明されていない現象の一つなんだとか。

「それじゃあ、これから行く場所も地形が変わってる可能性もあるってこと？」

「無きにしも非《あら》ず——ってところかな」

僕とクルゥ君の会話を聞いて、デレル君は頷く。

「ああ。ただ、そうなると魔獣の生息場所が変わっていることも考えられる。ここからはどんな魔獣が出てくるか分からないから、気を抜くなよ」

「うん」

「分かった」

僕達は気を引き締め直す。

それから少し話し合ったんだけど、目的地までは予想より距離が出来てしまい、着くのは思ったよりも時間がかかるかもしれない、という結論になった。

となると体力は温存しておいた方がいいよねってことで、今度はライに大きくなってもらって僕達を運んでもらうことにする。

そして、以前ラグラーさん救出の時にも使ったことのある鞍《くら》を腕輪の中から出すと、ライにセットし、背中に乗る。

元は二人乗り用のものだったんだけど、僕たちはそんなに身体が大きくないので、三人でも余裕で使えた。

《じゃあ、いくよ!》

僕を先頭にクルゥ君とデレル君が後ろに乗ったところで、ライが助走もつけずにトップスピードで走り出す。

以前と変わらず、ジェットコースターに乗っている気分だ。

後ろをチラリと見れば、僕にしがみ付いているクルゥ君は目を閉じていたし、デレル君はクルゥ君のお腹に腕を回しながら余裕の表情で周りを見回していた。

ちなみに、デレル君の首元から顔を出すティッチは白目をむいて気絶していた。

しばらくそのまま進んでたんだけど、ラグラーさんを救出する時よりは、大きくジャンプして移動することが少なかったから、乗り物酔いみたいにはならず助かった。

ただ、目的地に近付くにつれて、魔獣との遭遇率《そうぐうりつ》がだいぶ上がってきたような気がする。

強そうな魔獣と遭遇しそうになった際には、僕が画面を見ながら指示をして回避し、先導してくれているハーネでも倒せそうな魔獣であればそのまま倒して進む。

それから三十分くらい走っていると、今まで急だった斜面がなだらかになってきた。

地面もだいぶ光苔が目立つようになり、目的地まであともう少しなのだと分かる。

そんな時、僕達よりも少し前を飛んでいたハーネが急ブレーキをかけるように止まった。

それと同時に、『危険察知注意報』の画面が赤く変わる。

「……どうしたんだ？」

ハーネと同時にライが地面に爪を立てて止まったことに、デレル君が後ろから心配そうに確認してきた。

「ハーネが言うには、僕達が行こうとしている場所に、けっこう強い魔獣がいるみたいなんだよね」

アプリのことは言えないので、ハーネが気付いたというていでそう伝えると、クルゥ君とデレル君に緊張が走る。

画面を見れば、危険度は四段階中の二段目——**【『危険度40〜69』自分の力だけでは戦えません。応援を呼ぶか、逃げましょう】**となっていた。

応援を呼ぶか逃げるかの選択をすべきレベルなんだけど、ここにはハーネやライ、それにクルゥ君やデレル君がいるから力を合わせればなんとかなるかもしれない。

でも、それは僕が勝手に決めていいモノじゃないので、皆に確認を取る。

「……どうする？」

「どんな魔獣か見てみないと、なんとも言えないな」

デレル君の言葉に、クルゥ君も頷く。

「遠くから確認してみて、あまりにも危険そうだったら撤退……でどう？」

「うん、そうしようか」

「そうだな」

ここからの移動は、歩いていくことにした。

僕達の存在が匂いで魔獣に気付かれないように、匂いや気配を薄くするような魔法薬を体に振りかけておくのも忘れない。

クルゥ君に地図を見てもらいながら、少し遠回りになるけどいざという時に隠れられる場所がある方へと進んでいく。

デレル君が言っていた変動であまり地形が変わっていなきゃいいんだけど。

『危険察知注意報』の画面を確認しながら、魔獣がいるエリアをぐるっと大きく迂回《うかい》する感じで歩き進めること三十分。

山頂付近の、大きな岩が何枚も折り重なっているような場所へ辿り着いた。

地図によれば、あの山頂の向こう側、少し下ったところが目的地である光苔の草原らしい。

「……よかった、ここはあまり『変動』の影響がないみたいで」

クルゥ君は岩と岩の隙間の陰に入り込むと、溜息を吐いていた。

そうして一息ついたところで、僕たちは再び進んでいく。

音を立てないようにしながら段になっている岩を登っていき、上の方からひょこりと顔を出した。

「……ん？」

「あれ？」

最初に僕とクルゥ君が顔を出して、辺りを見回す。

ここから見下ろす目的地は、話していた通りキラキラと光る金色の苔が確かに地面いっぱいに広がっているけど、『平原』ではなかった。

魔獣も二体いるんだけど、クルゥ君が言っていた魔獣の特徴と少し違うような……？

確かシシディンダークって、狼の体に鳥の翼を持っている魔獣だったはず。

だけどここから見える魔獣は、なんか、思っていたより体がかなり大きくて筋肉質でガッシリしているし、鳥というよりもハーネのような蝙蝠《こうもり》の翼が生えている。

あれ～？　とクルゥ君と共に首を傾げていると、後から顔を出して下を覗いたデレル君がウゲッと顔を顰《しか》めた。

「……あそこにいるの、シシディンダークの進化した姿じゃないか」

どうやら、変動によって地形が変わったことにより、魔獣の生態も少し変わってしまっていたようだ。

『危険察知注意報』を見て、下にいる二匹の魔獣以外には、周囲には他の魔獣はいないことを確認しながら、口を開く。

「クルゥ君、どうする？　あの魔獣を使役したい？　それとも、違う魔獣にする？」

僕がそう問えば、クルゥ君は一瞬悩んだ素振《そぶ》りを見せた後、「このままあの魔獣を使役出来るかやってみたい」と顔を上げて僕とデレル君を見た。

それを聞いたデレル君は、納得したように頷く。

「それじゃあ、俺達はもう一匹の魔獣を引き付けておく」

「うん。下に移動するのと護衛も兼ねて、ハーネをクルゥ君に付けるね。ハーネ、クルゥ君をよろしく」
《まかせて～！》
ハーネはクルゥ君の脇の下から自分の身体に巻き付けていくと、顎をクルゥ君の頭の上に乗せる。
《あのね？　めをはなしちゃだめだからね？》
《そう、めをはなしたしゅんかん、おそってくる》
《うしろに、いっぽでもさがったら、しっぱいしたとおもって》
《おびえてもだめ！》
ハーネとライが言っていたアドバイスをクルゥ君にそのまま伝えたら、クルゥ君は「分かった」と頷いた。
それじゃあ、『クルゥ君の使役獣を捕まえるぞ！』作戦の開始だっ！

新しい使役獣

まず、僕とデレル君で大きくなったライに乗って、斜面を駆け降りた。

僕達の存在に気付いた二匹の魔獣は、顔に皺を寄せて臨戦態勢を取っている。

あぁ、あれはかなりお怒りのご表情で……

少し離れた場所に立つと、片方の魔獣が唸りながらこちらへと近寄ってくる。

僕とデレル君がライの背中から地面に降り立った瞬間、魔獣の警戒が一気に高まった。

それを見たライの全身の毛が逆立つ。

デレル君が魔法でライの体に着けてあった鞍を外すと――魔獣に向かってライが走った！

そして迎え撃つように、魔獣も突っ込んでくる。

最速で走るスピードのままお互いがぶつかり合って、そのまま唸り、低い声で吼《ほ》えながら、二匹は取っ組み合いをするように転がっていく。

はっきり言って、僕とデレル君は、二匹のあまりに激しい取っ組み合いに手が出せない。

あんな大きな魔獣の戦いに介入しようものなら、怪我だけじゃ済まないだろう。

デレル君の服から顔を出しているティッチなんて、二匹の戦いを見て口から泡を出して、また気絶していたし。

一応ライが不利になった時に動けるように準備しておいた方がいいのかもしれないな――と思っていると、視界の端でクルゥ君がもう一匹の魔獣と対峙しているのが見えた。

視線をそちらへと向ければ、魔獣に声をかけるクルゥ君と、そんなクルゥ君の少し後ろにハーネが浮いていた。

こちらの方も、使役する側とされる側による戦いが始まっていたのだ。

頑張れクルゥ君、と心の中で応援しつつ、視線を正面に戻す。

ライの戦いもまだ続いており、力は互角といえた。

ただ、お互い魔法を使う暇がないのか牙や爪での攻撃がほとんどで、地面にはゴッソリと抜けた毛が散らばるようにして落ちているのが気になる。

うん、やっぱり下手に手を出せば、逆にライの邪魔になりそうだ。

デレル君はと言えば、魔獣恐怖症を克服したとは言っても、さすがにこの大きさの魔獣の本気のぶつかり合いはまだ慣れていないようで、怖気《おじけ》づいて数歩後ろに下がっていた。

『使役獣』のアプリを確認すると、ライの体力などがかなり減っているのに気付く。

魔法薬で大きくなっているとはいえ、まだ幼獣なのだ。

成獣との戦いにおいて、やはり経験値が足りない分、徐々に押され気味な感じになっていた。

「……長引くとヤバいかもしれない」

「そうだね」

実はアプリのレベルアップに伴い、『使役獣』の画面上で体力や怪我を回復させる魔法薬、それに戦いを有利に出来るような魔法薬を使用出来るようになっている。そのため、こっそりライに魔法薬を使っているんだけど、やっぱりちょっと心配だ。

そんな時、ちょうどライが額の角を使って相手の魔獣の右肩を深く刺したようだった。

「ギャオンッ!?」

悲鳴を上げてライから離れた魔獣は、ライに向けて威嚇《いかく》するも、深い傷を負ったためか、助けを求めるようなキューンという鳴き声を出す。

すると、僕達から離れた場所で静かにクルゥ君と睨み合っていた、もう一方の魔獣に変化が起きる。

今までジッとクルゥ君だけを見つめて静止していた魔獣が、次第に怒りを表すかのように体の毛を逆立てたのだ。

「……っ」

あまりの魔獣の迫力に、クルゥ君が息を呑《の》む。

そんな時、空中に浮かぶ『危険察知注意報』が反応した。

え、と赤くなった画面に視線を移せば、すごい勢いでこちらに向かってくる魔獣がいることに気付く。

地形を気にせずに速く移動しているということは空中を移動する魔獣だと分かるけど、一番嫌なのが、**【危険度70】**という表記があることだ。

なんでこんな時に！

タイミングが悪過ぎて、舌打ちしたくなる。

デレル君にこのことを伝えようとしたら、ジリッ、と地面を擦《こす》る音が聞こえた。

音のした方を見ると、クルゥ君が無意識に一歩足を後ろに引いたところだった。

次の瞬間、後ろで待機していたハーネが「シャーッ！」と威嚇しながら前に出て、同時に魔獣がクルゥ君へと襲いかかる。

しかもライと戦っていた魔獣が風の魔法を使ってきたことにより、僕とデレル君はクルゥ君を助けたくても動くことが出来なかった。

「っ、撤退だ！」

デレル君がそう叫んで、魔法を発動しようとした、その時——

「ピイイイイッ!!」

その場に、鳥のような甲高《かんだか》い鳴き声が響き渡った。

声のした方へ僕達が顔を向けると、大きな鳥のような存在が、急下降でこちらへと向かってくるところだった。

急な魔獣の登場にデレル君が魔法を発動出来ずにいると、その鳥型の魔獣は僕達——ではなく、なぜかクルゥ君に襲いかかろうとしていた魔獣をその強靭《きょうじん》な爪で捕らえていた。

あまりの出来事に僕達が三人で固まっていると、ライを攻撃していた魔獣が、捕らえられた仲間を助けようと鳥の魔獣へと襲いかかり——呆気なく返り討ちにあっていた。

気付けば、地面に縫い付けられるように押さえられていた魔獣も大人しくなっている。

魔獣の反応は目の前にいる鳥の魔獣だけだった。

どうやら、趾《あしゆび》の力だけでとどめを刺したみたいだ。

ゴクリ、と誰かの喉の動く音が聞こえ、その場にピンッとした緊張が走る。

しかし、その緊張を打ち砕いたのは、誰でもなくその鳥の魔獣だった。

鳥の魔獣はトテトテと可愛らしい歩き方で倒した魔獣の側から離れると、もふもふの胸毛を膨らましてーードヤァッ！　という顔を見せた。

「…………」

「…………」

「…………」

その場に沈黙が流れる。

え、この魔獣……なんか魔獣っぽくないんだけど。

どちらかと言えば、使役獣になったハーネやライみたいな反応に似ているかもしれない。

でも、『危険察知注意報』を見れば、「こいつは危険な魔獣でっせ！」というように真っ赤な画面が表示されていて**【危険度70】**と書かれている。

使役されていない魔獣である以上油断は出来ない。

よく分からない魔獣の反応に困惑していると、ハーネがその魔獣の近くへふよふよと飛んでいく。

「ハーネ！」

《だいじょうぶ～》

何が大丈夫なのか分からない返事をしたハーネは、「シュゥ～」「ピッピピィ！」と魔獣同士の会話を始めた。

何回か会話のやり取りをした後、僕の方へ振り向いたハーネの尻尾が嬉しそうに左右に揺れる。

《あるじ～！　このまじゅう、はーねたちをたすけてくれたみたい！》

「えぇっ!?」

魔獣が人間を助けることなんてあるのかとデレル君を見れば、「そんな話、聞いたこともない」と首を横に振っている。

ライも、《へんなまじゅう～》と言いながら、不思議そうな顔をしていた。

ハーネと鳥の魔獣は再び会話をした後、二匹揃ってなぜかクルゥ君の元へ進んだ。

《あのね～、このおじさんが、しえきじゅうになってもいいって！》

またしてもハーネから盛大に突っ込みたい内容が発せられる。

え、この魔獣はおっさんなの？　てか、普通自分から使役されたいって思うものなの？　こんな【危険度70】もあるような魔獣が⁇

わけが分からない展開に頭が追いつかなくなってきてるんだけど、ここはそのままハーネの言葉をクルゥ君に伝えてみることにした。

僕がハーネの言葉を伝えると、クルゥ君は不思議そうな顔をしながらも、おずおずといった感じで鳥の魔獣と対峙する。

「ボ、ボクの……使役獣になって」

今までシシディンダークが進化した魔獣とやり合っていた時とは違い、とても弱々しく、不安そうな声だ。

そんなクルゥ君に、鳥の魔獣は「ピャ〜！」と翼を大きく広げながら嬉しそうな声を出した。

「あぁ、使役契約が出来たみたいだな」

「え、そうなの？」

いつの間にか『危険察知注意報』の危険度表示が消えている。

『使役獣』のアプリは、近くにいる使役可能な魔獣を表示出来るので開いてみる。すると、ハーネとライの他にティッチや鳥の魔獣がいたんだけど、その二匹の下には『使役不可』と表示されていた。

「ボクの、ボクだけの使役獣！」

嬉しそうに頬を染めて喜ぶクルゥ君に、僕とデレル君は「おめでとう！」と声をかける。

とりあえず安全のために、あまり魔獣がいなさそうなところに移動した。

クルゥ君が使役することになった魔獣は『クリディナンディー』という種族だそうで、デレル君曰《いわ》く、鳥系の魔獣の中でもかなり獰猛《どうもう》な部類に入るんだとか。

ぱっと見、地球にいるオウギワシに似ているんだけど、頭にある冠羽《かんう》と尻羽がすごく長い。

趾《あしゆび》なんて、僕の顔を余裕で掴めそうなほど大きいし、爪も鋭く太く、握力も相当なものだろう。

翼を広げたら軽く二メートル以上ありそうだ。

そんな魔獣クリディナンディーに、クルゥ君はグリフィスと名付けていた。

こちらの世界では『強き守護者』という意味があるんだって。

「でも、まさか初日に魔獣を使役出来るとは思わなかったよね」

「あぁ、しかもこんな強い魔獣を手に入れられるとは……本当に運がいいとしか言いようがないな」

クルゥ君を護るように——まるで自分の雛《ひな》だというような感じで、グリフィスは地面に座るクルゥ君の隣にピッタリ引っ付いている。

そんなグリフィスに、クルゥ君はニヤニヤしっぱなしだった。

うん、その気持ちは分かるよ！

本当は、数日かけて使役獣を探しつつ色々と採取しようと思っていたんだけど、クルゥ君もデレル君も魔獣を使役出来て、目標は達成してしまった。

というわけで無理にダンジョン内に留まらず、僕達は帰ることにした。

帰りはデレル君の魔法で、一瞬にしてダンジョンの入り口に移動する。

僕達も特に何も予定はなかったので帰ることにした。

「あぁ、そうだクルゥ……強い魔獣を使役出来たお祝いに、これをやるよ」

別れ際、デレル君が懐から取り出してクルゥ君に手渡したのは、指輪みたいなものだった。

なんでも、この魔道具をグリフィスの足に嵌めると普通の鳥くらいの大きさにすることが出来るらしい。

「いいの？　これ、すごく貴重なものなんじゃ……」

「俺が趣味で作った魔道具だから、そんな気にしなくていいって！」

「……それじゃあ、ありがたく使わせてもらうね！」

クルゥ君がもらった魔道具をすぐにグリフィスの右足に嵌めると――瞬く間にカラスほどの大きさへと縮んだ。

元の大きさに戻したい時や、逆に小さくしたい時は魔力を流せば出来るらしい。便利な魔道具である。

「それじゃあ、また近いうちに会おうな！」

デレル君はそう言うと、魔法であっという間に帰っていったのだった。

デレル君を見送った僕たちは、さっそく暁の家へと帰る。

すると皆はまず、数日帰ってこないと言っていた僕達が、一日も経たずに帰ってきたことに驚き、次にクルゥ君が猛獣の部類に入る魔獣を使役出来たと聞いてさらに驚いていた。

「すごいじゃない！」

「へぇー。私、この魔獣は初めて見たかも」

「やるじゃん、クルゥ！」

「偉いぞ、よくやったな」

フェリスさん、グレイシスさん、ラグラーさん、ケルヴィンさんに囲まれて頭を撫でられているクルゥ君は、はにかみながら笑っていた。

そんなクルゥ君を見ながら、僕はその場からそっと離れて台所へと向かう。

今日の夕食はクルゥ君の『使役獣獲得おめでとうパーティー』をしようと思うので、クルゥ君の好物をいっぱい作ってあげなくちゃね！

僕と一緒に付いて来たハーネとライにお手伝いをしてもらいつつ、気になっていたことを聞いてみることにした。

「ねぇねぇ、ハーネ」

《な～に？》

「クルゥ君の使役獣になる前に、グリフィスと喋っていたでしょ？」

《うん。おじさんとしゃべってた》

「おじさん……まぁ、そこは置いておいて、何を話してたの？」

《んとね～、にんげんのこどもたちだけで、そらをとぶのはきけんだって、ちゅういされたの》

「……ん？」

もしかして……空を飛んで移動していた時に近付いてきた魔獣って、グリフィスだったの？

そう思い、改めてハーネに尋ねると、《そうみたい》と頷かれた。

そうか……あれもグリフィスだったのか。

でも、やっぱり腑に落ちない。

なんで魔獣が僕達人間のことを心配なんてするんだろう？

ライだって変な魔獣だと言っていたしさ。

卵を溶きながらそんなことを言うと、ハーネは僕の頭に顎を乗せながら答えてくれた。

《なんかね～。おじさん、むかし、とあるにんげんの、しえきじゅうになったことがあるっていっ

てた》
「え、そうなの？」
《うん。だから、にんげんのこどもだけで、だんじょんにいるのをみて、しんぱいでとおくからみてたって》
「へ～」
《で、はーねが『めがねくんのしえきじゅう、さがしてるところ～』っていったら、『じゃあ、われがなってやる！』っていって、めがねくんのしえきじゅうになったの》
「……ほぉー、なるほどね」
クルゥ君、どうやら君が使役獣を持てたのは、ハーネのおかげでもあるみたいだよ。
「それじゃあ、ハーネの好物も作ってあげなきゃならないな――もちろん、移動や戦闘をいっぱい頑張ってくれたライにもね」
僕がそう言うと、ハーネとライは嬉しそうにその場でクルクルと回る。
さてさて、新しい使役獣との生活はどんなものになるのか……楽しみだ！

シェントルさんの意外な一面

グリフィスがクルゥ君の使役獣となってから、数日が経過し――

何か変化があったかと言えば、特にこれといったものはなかった。

目付きも鋭く猛獣と言われていたグリフィスだったから、最初は気高く孤高なイメージを持っていたんだけど……

どちらかと言えば、クルゥ君の後を心配そうについて回る過保護な『オカン』みたいな存在になっていた。

でもクルゥ君の言うことは、ちゃんと聞いている。

フェリスさんもそんなグリフィスを見て、絶賛していた。

「クルゥの足りないところを、しっかり補ってくれているわ。しかもクルゥの成長を妨《さまた》げないような、絶妙な助け具合を見ると……あれはかなり出来る使役獣ね」

……とのことだ。

クルゥ君にとってとてもいい使役獣であることが分かるし、そんなグリフィスを大切にしているクルゥ君を見ると、素敵な関係だと思う。

僕もハーネとライに「僕らも二人に負けないよう、頑張ろうね！」と笑いかけたのだった。

そんな風に平和に過ごしていたある日――

「ケント、手紙が来ていたわよ」

室内の掃除を終えて一人、居間でまったりしていたら、外から帰ってきたグレイシスさんがポストに入っていた封筒を持ってきてくれた。

「ありがとうございます」

受け取ってから、誰からだろうと名前を確認してみたら――シェントルさんだった。

なんの用だろうかと不思議に思っていると、グレイシスさんが声をかけてくる。

「ケント、私、これから依頼を受けた魔法薬を部屋で調合しないといけないから、昼食はいらないわ」

「あ、はい。分かりました」

ひらひらと手を振って二階に上がってくグレイシスさんの後ろ姿を見送って、僕は封筒を開けて手紙を取り出す。

手紙を読んでみると、こんなことが書いてあった。

やぁ、ケント君！　元気にしていたかい？

以前のお礼も兼ねて、ずっとケント君と直接会って話したいと思っていたのだが、なかなかラグシュラード……ラグラーが目を光らせていて二人っきりで会えないでいたんだ。

そこで、もしケント君がよければだが、少しの時間でもいいので話せないだろうか？

転移魔法陣を同封しているから、それを開いてくれたらと思う。


内容を見ながら、ふむ、と僕は考える。

手紙には『いつ』とは書かれていない。しかも、今日はグレイシスさん以外の皆は出かけていて夜まで帰って来ないことになっているし、本来作る予定だったグレイシスさんの昼食も、先ほどなくて大丈夫だと言われたところだ。

ハーネとライは早めの昼食を食べてお外に偵察に行っているから、しばらく帰ってこないし……

今行くのがベストかな。

なーんかタイミングが良過ぎる気がするけど、と思いながら、封筒の中に折りたたまれていた転移魔法陣を開く。

すると、金色で描かれていた魔法陣が発光し――僕はその光に包まれた。

「お、ケント君。よく来たね」

光が収まった後、閉じていた目を開ければ、僕の向かい側でシェントルさんが椅子に座っていた。

まばたきをしながら辺りを見回すと、一目見ただけで超高級だと分かる家具やら装飾品やらが飾られた部屋だった。

「こ、こんにちは、シェントルさん。あの、突然来ちゃってすみません」

「ははは、いいんだよ。たぶん、手紙が届いたらすぐに来ると思っていたからさ」

「そうですか……」

「あぁ、ここには誰も入ってこないように言ってあるから、そんな緊張しなくても大丈夫だよ」

座り心地抜群の革製のソファーに腰かける僕へと、シェントルさんはそう言ってくれた。

お言葉に甘えて少し肩の力を抜くことにする。

ちょっとだけ緊張がほぐれたのもあって、僕はシェントルさんにここはどこなのかとさっそく確認してみた。

すると、どうやらシェントルさんやラグラーさんのご実家——つまりシュルドリュード帝国の皇城内にある、シェントルさんのお部屋らしい。

シェントルさんはシュルドリュード帝国内のギルドでギルドマスターを務めていることもあり、僕達が帝国に来た時は、いつもそちらのギルドでお世話になってるんだよね。だから正直、皇城内に通されるとは思っておらず、びっくりしてしまった。

室内を失礼にならない程度に見ていると、ふと、本棚のところに少し大きめな姿絵が置かれているのに気付く。

僕がそちらの方を見ているのに気付いたシェントルさんが、柔らかく微笑みながら口を開いた。

「あれは、私達兄弟がまだ幼い時に一緒に描いてもらった絵だよ」

立ち上がったシェントルさんが本棚の方に歩いていき、みなさんの幼少期に描かれた絵を持って戻ってきた。

そして僕達が座る椅子の間に置かれている机の上にそれを置いて、僕に見せてくれる。

無表情でピシッとした立ち姿で正面を見ている子供は、一番上のお兄さん――皇太子殿下。

それよりももう少し幼い子供がシェントルさんで、その二人の少年の間に立って可愛らしい表情で微笑みながら、二人の兄と手を繋いでいるのがラグラーさんだと教えてもらう。

「こういった絵は……この絵と数枚を残して、もう皇城では見られなくなってしまったんだ」

三人が描かれた絵を撫で、寂しそうにそう呟くシェントルさんに、僕はハッとした。

ラグラーさんは、いろいろなことがあってこのお城から出ていくことになったと聞いた。

だから、そんなラグラーさんが描かれている絵を飾ることは禁止されているのかもしれない。

そんな悲しいことって、ないよ……

僕がそう思っていたら、肩を竦めながらシェントルさんが予想外の発言をした。

「はぁ、ラグラーが絵をぜ～んぶ燃やしちゃうなんてね」

「……燃やす？」

「そうなんだよ！　あんなに素晴らしい絵なのに、『こんなもの、この世から全て抹消《まっしょう》すべし！』とか言って全部燃やしちゃったんだよ。あの時は陛下――父上が一番嘆《なげ》いていらっしゃった」

そう笑うシェントルさん。

「え、なんでラグラーさんはそんなことを？」

思わず僕が聞くと、シェントルさんはポケットの中から懐中時計《かいちゅうどけい》のようなものを取り出した。

その蓋の中は確かに時計になっていたんだけれども、仕掛けになっていた文字盤を外した中から、一つの絵が出てきた。

「……これは、ラグラーさん……ですよね？」

それには、机の上に置いてある絵と同じように立つ三人の子供が描かれている。

それを見ながら僕がそう確認を取ると、シェントルさんは「あぁ、すごく可愛らしいだろう？」と聞いてきた。

いや、確かに可愛い。可愛いんだけど……一人だけ、机の上の絵と姿が違う。

長い金髪を高く結い、フリルやリボンがふんだんに使用された可愛らしいドレスを着た、天使のような少女にしか見えない一番幼い子――ラグラーさんに僕は戸惑う。

「えっと……もしかして皇族の男の子って、幼少期は女の子のような姿をしなきゃダメ、とかいうしきたりが？」

稀にそういうものが存在すると小耳に挟んだことがあったので、おずおずと尋ねてみる。

しかしそれに対するシェントルさんの返答はあっさりしたものだった。

「いや？　ただ、ラグラーが天使のように可愛かったから、全員一致でこの服を着せて絵を描いただけだよ」

どうやら、小さい頃のラグラーさんは、それはそれは物静かで可愛らしい子供だったらしく、皇族のみなさんに溺愛《できあい》されていたんだとか。

男しかいない皇帝の子供達であったが、一人くらいは女の子が欲しかったらしい皇妃《こうひ》や側妃によって、小さい頃のラグラーさんはたびたび女の子の姿をさせられていたらしい。

しかし、成長したラグラーさんは「俺の一生の恥！」と言って、女の子の姿が描かれた姿絵を全て魔法で燃やしちゃったんだって。

「まぁ、それもラグラーの隙を見て全て回収し、皇室お抱えの精鋭魔術師によって全て綺麗に復元されたけどね」

なんでも、また燃やされたらたまらないと、今では皇城の中でも一番警備の厳しい金庫に保管されているとのこと。

「これはラグラーには内緒で頼むよ」

しがない一般市民である僕が、シェントルさんのような巨大な国の権力者のお願いに逆らえるわけもなく……

ラグラーさん、すみません！　と心の中で謝っておいた。

それからも、僕達はいろいろな話をした。

まぁ、その話の主役はほとんどラグラーさんだったけど。

気付けば、時間はあっという間に過ぎていて、ここに来てから軽く三時間は経過していた。

「あぁ、もうこんな時間か」

「話が楽しくて気付きませんでした」

「私もだ――ケント君はこれから夕食の支度をするのかい？」

「そうですね、もう夕食の準備をしないと……名残惜《なごりお》しいですが、そろそろ帰らなきゃ皆がお腹を空かせちゃいますし」

そう言ってソファーから立ち上がると、来た時と同じような魔法陣が描かれているらしき紙を手渡された。

「それじゃあ、失礼します」と言って折りたたまれていた紙を開こうとしたら、「あぁ、ちょっと待ってくれ」と声をかけられた。

どうしたのかとシェントルさんを見ると、懐から取り出した、少し厚みがある封筒を渡される。

なんだろう？

「これは、ラグラーやケルヴィン、それに私達がいつも美味しい食事をご馳走《ちそう》になっているお礼だ」

「お礼、ですか……？　開けてもいいですか？」

「あぁ、いいよ」

頷いてくれたので開けてみると――

その中身は驚くほどの大金だった。

「こ、こんなにいただけませんっ！」

百万円……じゃなかった、百万レンは確実にある厚さだと思う。

「いや、実際これでも少ないくらいだと私は思っているんだよ」

「はいぃ!?」

シェントルさんは驚愕する僕を見て、クスクスと笑う。

「実は、以前ケント君からご馳走してもらった『アイスティーフロート』だが……簡単に出来ると、作り方を教えてくれただろう？」

「あぁ……あれですね」

「私はこれまで、魔獣を使った君の料理を何度も食べているが、君以外にはあの味を出せる人物はいないと思っている。でも、あのアイスティーフロートは別だ。誰でも簡単に作ることが出来る。そして、あの素晴らしい飲み物を、このまま私達だけで飲むのは勿体《もったい》ないと思ってね」

シェントルさんはそう前置きして、自分が帝国で個人的に経営するお店で、アイスティーフロートを作って提供したことを話してくれた。

そしたら庶民のみなさまの間で、「これは美味しい」と瞬く間に広がったらしい。

最初は庶民が飲むものだからと貴族には敬遠されていたんだけど、帝国の第二皇子であるシェントルさんがおススメする飲み物だと知れ渡ると、その後貴族の間でも大流行しているようだ。

「ははは、アイスティーフロートでかなり儲《もう》けさせてもらったからね。その対価も含まれていると思ってくれ。むしろ、受け取ってもらわないと困る」

そこまで言われたら、頑《かたく》なにいりませんとは言えない。

「……分かりました、それではありがたくいただきます」

お礼を言いながら封筒を腕輪の中に仕舞っていると、シェントルさんが思い出したように言う。

「そういえば、ギルドカードを見せてもらえるかい？」

僕がギルドカードを取り出し、言われた通りに見せれば、シェントルさんは僕のギルドカードに手を翳す。

シェントルさんの手とカードが一瞬光ったんだけど、光はすぐに収まって元のカードに戻った。

「あの……いったい何を？」

不思議に思いながらも恐る恐る聞けば、シェントルさんはにっこりと笑いながら口を開く。

話を要約すると――シェントルさんが経営する店でのアイスティーフロートの総売上高の十パーセントを、作り方を教えたライセンス料として、毎月僕のカードに振り込むように設定したらしい。

「じゃあケント、また近いうちに食事に行くからよろしく頼むよ」

「はい、今度はシェントルさんが好きな甘辛い料理を作ってお待ちしていますね！」

僕はそう答えてから、手に持っていた魔法陣が書かれた紙を開く。

目を開ければ、シェントルさんのお部屋から、暁の居間へと移動していた。

ほんと、魔法ってすごいよね～。

手に持っていた紙は、移動で魔力を使い切ったためか、何も描かれていないただの紙になっている。

それをポケットに入れ、僕はいったん腕を伸ばして伸びをする。

「さ～ってと、今日は何を食べよっかなぁ」

それから一ヶ月後――

時間の経過と共に、シェントルさんと交わした細かい会話は記憶の中から薄れていったけど、ラグラーさんの可愛い女装姿だけは脳裏に残り、時々一人で隠れて笑うことが増えたのだった。

グレイシスさんの秘密の花畑

ここ最近、僕とクルゥ君の対魔獣討伐の腕がメキメキと上がってきている気がする。

主に、鬼教官であらせられるラグラーさんとケルヴィンさんのおかげであるが、クルゥ君の使役獣――グリフィスの活躍も大きいと思う。

僕とクルゥ君がラグラーさん達の指導を受けていた横で、グリフィスがハーネとライに魔獣として――そして使役獣としての戦い方や主人を安全に守る方法を教えてくれていたのだ。

この前フェリスさんとクルゥ君の三人でダンジョンに食料調達に言った時、「あら？　ハーネちゃんとライちゃん……動きがかなり良くなったんじゃない？」と褒められたんだよね！

ほんと、二人がフェリスさんに褒められるのは、自分のことのように嬉しかったな～。

台所で食器を洗いながらそんなことを思い返していると、不意に声をかけられた。

「あ、ケント……ここにいたのね」

声のした方を振り向くと、グレイシスさんが立っている。

「グレイシスさん、どうしました？」

「私、これから魔法薬の素材を採りに行こうと思っているの。今の時期にしか咲いていない植物の花粉を採取するんだけど、ケントも一緒に行く？」

「いいんですか？　行きたいです、ちょっと用意してくるので待っててください！」

この時期にしか咲いていない植物ってなんだろうと思いながら、濡れた手をタオルで拭いて、荷物を取りにいったん部屋へと向かう。

部屋に入ってクローゼットの中から必要な物を腕輪の中に入れていると、ベッドの上でまったりとくつろいでいたハーネとライが不思議そうな顔で僕を見ていた。

《あるじ、どこかおでかけ？》

《だんじょん？》

「うん、これからグレイシスさんと一緒に魔法薬の素材を採りに行くんだ。いや、たぶんダンジョンじゃないと思うよ？　僕と二人で行くみたいだし」

準備を終えて部屋を出ようとしたところで、二人についてくるかと聞くと、ライだけがついてきたいと言ってきた。

どうやらハーネは、これからグリフィスに空中での戦い方を教えてもらう約束をしていたらしい。

《いってらっしゃ～い》

羽をパタパタ振るハーネに「行ってきま～す」と言いながら廊下に出ると、グレイシスさんが廊下に立って待っていた。

「わっ、すみません、グレイシスさん！　お待たせしました」

「そんなに待ってないわよ――さ、それじゃあ行きましょ」

そう言ったグレイシスさんは、なぜか玄関じゃなくて自身の部屋の方へと向かっていく。

何か忘れ物をしたのかな？

そう思いながらも付いて行き、促されるがままに、一緒にグレイシスさんの部屋へ入る。

すると、部屋の床の中央に、チョークのようなもので魔法陣が描かれていた。

「さ、それじゃあ移動するから魔法陣の中央に立って」

どうやら、この部屋から目的地へと飛ぶらしい。

「もしかして、僕が初めて行く場所ですか？」

「そうよ？　暁の皆も……フェリスだって行ったことがない場所なんだから」

グレイシスさんはそう言うと、簡単な呪文を唱える。

白い線が幾重にも重なる魔法陣が紫色に光り出し、僕達を包んだ。

「はい、着いたわよ」

「――っ……て、うわっ！」

目を開ければ、視界いっぱいに白い花畑が広がっている。

少しかがんで咲いている花を見ると、地球にあるアガパンサスの花に、葉はタンポポという見た目をしていた。

白一色のお花畑はなかなか見ることがないので、感動してしまう。

「すご～！」

「でしょ？　この花は『白笛《しろぶえ》』といって、一年のうちこの時期にしか花を咲かせないの。しかも、たった一週間しか咲かないのよ」

「ほえぇー！　なんか幻の花って感じですね」

僕の足元ではライが花の匂いをクンクンと嗅いでいたが、花粉を吸いこみ過ぎたのか、くしゃみをしていた。

「本当は、上級ダンジョンにしか咲かないと言われている花なの。でも、ある人が魔法を使ってこの場所に白笛を植えて、ここまで増やしたのよ」

ある人？

お花畑を見ながらそう話すグレイシスさんは、花ではなく、どこか遠くの景色を見ているような

気がした。

なんとなく声をかけられないでいると、そんな僕に気付いたグレイシスさんが、しんみりとした空気を吹き飛ばすような笑みを浮かべた。

「さてと、それじゃあ素材集めを始めましょうか！」

「あ、はい！」

「この白笛の花粉を集めるんだけど、ただの花粉を集めるんじゃないの」

グレイシスさんはそう言うと、少ししゃがみながら花の一つ一つをよく観察し——

「あぁ、あったわ」

何かを見付けたようで声を上げた。

手招きされたのでグレイシスさんの側に寄ると、「これを見て」と一つの花を指す。

見ると、一つだけ他の花と違って中間がぷっくりと膨《ふく》らんでいるものがあった。

「中間が膨らんだ花の中に、魔法薬の素材となる花粉が入っているの」

グレイシスさんは腕輪の中から試験管のような瓶を取り出すと、花の下に蓋を開けた瓶を置く。

そして膨らんだ部分をトントンと叩くと、そこに溜まっていた花粉が瓶の中に流れていった。

「こんな風に花粉を採取してほしいの」

「分かりました。意外と簡単そうで良かったです」

こんなに花がいっぱいあるなら楽勝でしょ、と思いながら僕がそう言うと、グレイシスさんは「あ、言い忘れていたんだけど」と付け加えた。

何やら嫌な予感がする……

「確かに中央が膨らむ花はたくさんあるとは思うけど、膨らんでいる部分に『三つの点』があるものだけを選んでちょうだい」

「え？　三つの……点？」

グレイシスさんの手元を覗いてみると、確かに……膨らんでいる部分に三つの点——ゴマのようなものが三角形に三つ並んでいるのが見えた。

なんでも、この膨らんでいる部分に三つの点があるものが『最良の花粉』が入っているものなんだとか。

それ以外には『二つ』『一つ』『点なし』があるみたいなんだけど、点の数が少なくなればなるほど魔法薬の素材としての価値は下がる。

でも、グレイシスさんが持っている試験管をよくよく見れば……花粉の量は底に少しうっすらと入っているのが確認出来るくらいだ。

「え～っと、ちなみにグレイシスさん……花粉はどのくらい集めれば……？」

嫌な予感がしながら、一応聞いてみると、再度グレイシスさんはいい笑顔で僕を見た。

「もちろん、瓶満杯に、採れるだけよ♪」

「ですよね〜」

花一つあたりで少しあるかどうかがギリギリ分かるくらいということは、いったいいくつ探せばいいのだろう。

瓶を渡された僕は、心の中でシクシク涙を流しつつ、花粉採取を始めたのであった。


「ふぅ！　今回は思ったより集めるのに時間がかかったわね」

しゃがんでいた体勢から立ち上がったグレイシスさんは、首筋に流れる汗を手の甲で拭《ぬぐ》いながら瓶を見ていた。

タブレットを見れば、花粉採取を始めて三時間は経過している。

白笛畑にいるとはいえ、限られた条件で一回に取れる量がごく少量の花粉だけを集めるのは、思ったより時間がかかった。

とはいえ、僕が花粉を集めた瓶はようやく五本になっていた。

グレイシスさんに聞けば十本だって。すご〜！

集め慣れている人はやっぱり早いな、と思いながら立ち上がったけど、腰がバッキバキになってて痛い。

「グレイシスさん！　僕の方も溜まりましたよ～」

「あら、初めてにしては見つけるのが上手じゃない」

「えへへ」

瓶を目の前まで持ち上げて見れば、花粉が太陽の光に反射してキラキラと輝いている。

「グレイシスさん、この花粉ってどんな魔法薬を作るのに必要な素材なんですか？」

「変化形の魔法薬は使用すると身体の痛みなんかの副作用を伴うのは知っているでしょ？」

「はい、そうです」

「これは、そういう副作用の痛みを取り除く魔法薬を作るのに、すごく必要になるものよ」

「……へぇ、これが」

なんて物知り顔で頷いたけど、初耳だった。

当たり前のことみたいに聞かれたから「そうです」なんて答えちゃったよ。

そんな魔法薬もあるんですね。

『魔法薬の調合』というアプリで作れる魔法薬はたくさんあるけど、どんなものなのか分かっていないものもある。

アプリをレベルアップさせたら数が一気に膨大になったので、まだ調べ切れてないのだ。

「この花粉は魔法薬師協会に行けば手に入るものだけど、価格がすごく高いのよ。だから、これ自体を売るのも、これを使った魔法薬を売るのも、どちらも高値で売れるわ」

「ほえぇぇー！」

「ケントが集めた花粉は、ケントが好きに扱っていいわよ。このまま売ってもいいし、魔法薬にしても、自分で使うのでも好きに選べばいいわ」

「え、いいんですか？」

「もちろん。いつもお世話になっているケントに何か恩返ししたくて、ここに連れてきたんだから」

「グレイシスさん……ありがとうございます。僕、大切に使いたいと思います！」

僕が瓶を握りしめながらそう言うと、グレイシスさんは嬉しそうに微笑む。

「それじゃあ、そろそろ帰りましょうか！　私、お腹減ってきたし～」

「あはは、それじゃあ今日はグレイシスさんの食べたいものを作ってあげちゃいます！」

「本当ー!?　じゃあじゃあ、今日はテュリッテューのお肉とチーズをたっぷり入れたオムライスに、冷製ポタポタスープね！」

「かしこまりました～！」

そうして来た時と同じく魔法陣を使って、二人で仲良く夕食の話をしながら暁に帰るのだった。

即席パーティ誕生？

「うおあぁぁっ!?」

ある日、部屋の中で僕は悲鳴を上げていた。

先日シェントルさんからライセンス料を振り込むと言われたことが気になり、ギルドカードを確認したのが事の発端《ほったん》なのだが……

そこには『送金　１５０００００レン』と表示されていたのだ。

一千五百万レン!?

ポトリ、と持っていたギルドカードをベッドの上に落とし、壁の方まであとずさる。

あまりの額にガクブル震えていると、慌てた様子のラグラーさんが部屋に入ってきた。

どうやら僕の悲鳴が、ラグラーさんの部屋まで聞こえたらしい。

「どうしたんだっ!?」

「あ……えっと、すみません。すごく大きな虫がベッドの上を歩いていて、ビックリしちゃって」

本当は驚いた原因は違うんだけど、ちょっと内容が内容なだけに咄嗟に嘘をついてしまった。

「なんだ……脅かすなよ」

「すみません」

やれやれといった感じで自分の部屋に戻ろうとするラグラーさんに、僕は慌てて声をかける。

「あ、あのラグラーさん！」

「あん？　どうした？」

「その、あの……シェントルさんのことなんですが」

「……あいつがどうしたって？」

シェントルさんの名前を出した瞬間にウヘーとした顔をするラグラーさん。

あんなにシェントルさんから溺愛されていても、弟であるラグラーさんにとってはウザイ奴といった認識しかないようである。

「その、以前シェントルさんから帝国内で個人的に経営しているお店があるって聞いていたんですが……もしかして、何店舗もあるんですかね？」

「はぁ？　あいつの店ぇ？」

ラグラーさんは腕を組んで考える素振《そぶ》りをすると、「たぶんだが……」と前置きして口を開く。

「普通、皇族が経営する店なんていうものはない。名誉職みたいなのにつくことはあるがな。ただ……あいつは軍を統括する立場にあるのと、ギルドマスターって身分があるから、国内外の情報収集目的のためにいろんなものに手を出している可能性はある。だから、アイツが店を経営していても不思議じゃないな」

「へぇ」

「一店舗と言わず数十店舗あってもおかしくはないし、帝国でも五指に入る金持ちだろうな」

そんなラグラーさんの言葉を聞いて、僕の口からは乾いた笑いしか出なかった。

「あはは、そうですか～」

「それがどうしたんだ？　もしかして、あいつに何か面倒事でも頼まれたとかか？　それならあいつを一度ぶっ飛ばしてくるが……」

「いえいえ！　そんなんじゃありませんって！　ただ、シェントルさんが経営するお店がどんなものなのか……飲食店や魔法薬店を経営しているなら、一度行ってみたいなって思っただけなんで！」

僕がそう慌てて言えば、ラグラーさんは笑う。

「魔法薬店ならともかく、飲食店ならケントに敵《かな》うところはねーよ。お前が作るメシが世界一だ！」

本当、僕が作る料理に対するラグラーさんの愛が激しいよね～。

ラグラーさんが部屋から出ていき、一人になってからもう一度ギルドカードに視線を落とし――溜息が出た。

「シェントルさん、これは貰い過ぎって額じゃないんですけど」

急に目に飛び込んで来た巨額のお金に、あの時の――儲かり過ぎて笑いが止まらないんだと言っていたシェントルさんの顔が思い浮かぶ。

帝国ってすごいんだな、そう思いながら僕はカードを腕輪の中に仕舞ったのだった。


そんなことがあった数日後、朝食を皆で食べていたら、ラグラーさんが声を上げた。

「あ、そういえばフェリス。俺とケルヴィンなんだけど、明後日から二、三日出掛けてくっから」

「ん？　どこか行くの？」

「あぁ。いつも世話になってる武器屋のおっさんに、個人的な依頼を頼まれたんだ。んで、【モンリンキーレ】に行ってくる」

「そこって、ちょっと特殊なダンジョンじゃなかった？」

「そうなんだよ。だからさ～、状態異常を無効にする魔法薬をくださいフェリス様！」

「あと、行く前にエルフ族の保護魔法もかけてくれると助かる」

「しょうがないわね～」

そんな三人のやり取りを聞きながら、僕は頭の中で二人がダンジョンに行っている間に食べられるものを、朝食が終わったら作っておこうと考えた。

「――そういえば、グレイシスも明後日から予定が入っているはずよね？　ケント君やクルゥは今後何か予定とかあったりするの？」

食後にフェリスさんが僕達を見てそんなことを聞いてきたので、僕とクルゥ君は「何もないです」と首を横に振る。

どうやら、グレイシスさんは知り合いから頼まれた依頼があるらしく、ラグラーさんやケルヴィンさんよりも長く暁を空けるとのことだった。

「グレイシスさん、ラグラーさん達の数日分の食料をこれから用意しようと思っていたんですけど、グレイシスさんも必要ですか？　よかったら作りますよ」

「そうね……ん～、それよりも……」

グレイシスさんは指先を頬に当てて悩む仕草をしていたんだけど、ふと、何か良いことを思いついたように二コリと笑って僕を見る。

「ねぇ、ケント」

「はい？」

「ちょ～っと危険なダンジョンに行くことになっちゃうんだけど、魔法薬師として見過ごせないような魔法薬の材料が手に入る依頼があるの。どう？　一緒に行かない？」

グレイシスさんの『ちょっと危険なダンジョン』や『魔法薬の材料』という言葉を聞いて、思ったことを口にする。

「えっと……それは、僕達二人だけで行くっていうことですか？」

「まさかっ！　さすがに、いつもの護衛役のラグラーやケルヴィンがいないのに、そんな無謀《むぼう》なことは出来ないわ」

「あ、じゃあフェリスさんも一緒に？」

僕がそう聞くと、ちょうど僕達の話を聞いていたらしいフェリスさんが「私は行けないわ」と手をフリフリと振る。

「私は久しぶりにクルゥがどこまで成長したのか、直接見てみようと思っていたから。実はちょっと前に誘われたんだけど、そのために断ったのよね」

フェリスさんがそう言うと、その話を聞いていたクルゥ君が吼えた。

「はぁっ!?　嫌だよ、ボク。ここ最近、稽古漬けの毎日だったんだよ？　明日からしばらく、読書をしながらまったりと過ごすって決めてたんだから！」

「そんなの知りません〜！　使役獣使いになったんだから、自分磨きに精を出すのは当たり前のことよ。文句は言わせないわっ！」

久しぶりにフェリスさんが独裁権を発動するところを見たな……

シクシクと泣きながら項垂《うなだ》れるクルゥ君の肩を、ラグラーさんとケルヴィンさんが「まぁ、頑張れよ」と叩いていた。

僕も心の中でクルゥ君に頑張れ～とエールを送りつつ、グレイシスさんを見る。

「あの、グレイシスさん。そしたら誰か別の冒険者が護衛に付いてくれるっていうことですよね？」

「そうよ。ハーネちゃんやライちゃんがいると言っても、ダンジョンに熟知していない幼獣だとちょっと心もとないからね。依頼主も認める実力派の冒険者を用意してくれているわ」

「そうなんですね……うん、それなら僕も一緒に行ってみたいです」

「ふふ、それじゃあ決まりね！」

こうして、僕の明後日からの予定が決まったのだった。


翌日は、僕とグレイシスさん以外の皆の食事を多めに作る作業や、次の日の持っていく物、必要になるであろう魔法薬を選別して詰め込む作業に徹《てっ》する。

ハーネとライに依頼でまたダンジョンに行くことになったと話したら、《たのしみー！》と喜んでいた。うん、嬉しそうで何よりだ。

夜になり、自室で腕輪の中に荷物を詰め込み終えたところで、扉をノックする音がした。

「はーい」

ドアを開ければ、そこにはフェリスさんの姿があった。

「ケント君、突然ごめんね？」

「いえ、大丈夫です。あ、もしよかったら中へどうぞ」

「あぁ、そんな長話じゃないからここで大丈夫。ほら、明日からグレイシスと一緒にダンジョンに行くでしょ？　だから、ケント君にはこれを渡しておこうと思って」

フェリスさんはそう言って、丸いビー玉のようなものを僕の右手に載せた。

これは何かな？　と首を傾げながら見ていると、フェリスさんは僕の手のひらに手を重ねるようにしながら、聞きなれない言語で何かを呟く。

すると――手の上のビー玉が、溶けるようにして吸収されてしまった！

「うえぇっ!?」

「あはは。ケント君の反応って魔法を初めて見る子供みたいで、ほんと面白いわね」

「……こほん。え～っと、フェリスさん？　今何をしたんですか？」

「ふふふ、これはね？　ちょっとした保険かな？」

「保険……ですか？」

「そうよ」

何に対しての保険なのかは分からないけど、フェリスさんが無駄なことをしない人だということは知っている。だから、もしものことを想定して、なんらかの対策を施してくれたのかもしれない。

ありがたく受け取っておくことにした。

「あぁ、それともう一つ……」

まだ何かあるのかな？

顔を上げると、フェリスさんの顔がすごく近いことに気付く。

パラリと落ちた髪を指先で耳にかけたフェリスさんが長いまつげを伏せ――

ちゅっ、と頬に柔らかいものが触れた。

「ふぇっ!?」

目を見開いて固まっている僕に、僕の頬に口付けたフェリスさんはクスクスと笑いながら離れていく。

「ふふ。それじゃあ依頼、頑張ってね」

手をひらひらと振りながらドアを閉めたフェリスさんの足音が、部屋から遠ざかっていく。

「……これ、ギルドの昇級試験の時にもしてくれた守護魔法だよね」

前回は額だったけど、今回は頬だった。

ドキドキする胸を押さえながら、「守護魔法って……いいものだなぁ」と思った僕なのであった。


そして迎えたグレイシスさんとの依頼当日。

「それじゃあ、お前らも頑張れよ」

「気をつけてな」

家を出て、しばらくはラグラーさんとケルヴィンさん、グレイシスさんの四人で歩いていたんだけれども、分かれ道に差しかかったところでラグラーさん達と別れることになった。

見えなくなるまで手を振り合った後、グレイシスさんと二人で歩き始める。

「そういえばグレイシスさん、依頼主の方が雇った冒険者が誰なのか知っているんですか？」

「男性と女性の二人の冒険者が護衛として付くことになるとは聞いてはいるけど、どんな人なのかまでは分からないわ」

「二人パーティの冒険者なのかな？」

「確か、どこのパーティにも所属していないって話よ？」

「へ〜、会うのが楽しみだな」

どんな人かな？　良い人ならいいんだけど。

《はーね、どんなにんげんがくるのか、たのしみ！》

空を飛びながらウキウキしているハーネであるが、ライはどうでもよさそうだった。

ほんと、二匹で性格が違うよね。

そうこうしているうちに、あっという間に目的地に到着した。

看板には、『ヨルトーグとルガブリアの魔法薬素材店』とある。

グレイシスさんはそのまま扉を開けて中に入っていく。

僕もその後に続いて入店すると、中には店員らしきダークエルフが二人いるだけだった。

どうやら、護衛の人はまだ来ていないみたいだ。

お店の中を見ていたら、店員さん達と話し合っていたグレイシスさんが僕の方を振り向く。

「ケント、ここの店主を紹介するわ。向かって右が店主のルガブリアで、その隣にいるのが副店主でルガブリアの妻でもある、ヨルトーグよ。二人は私の友人よ」

「あ、初めまして、ケントです。今回はよろしくお願いします！」

ぺこりと頭を下げると、グレイシスさんが紹介してくれる。

「この子が、前に話した私の弟子よ。冒険者でもあるんだけど、魔法薬師としての腕も確かだから」

そう褒められて、思わず照れてしまった。

それからグレイシスさんが説明してくれたところによると、このお店の店主であるルガブリアさんとヨルトーグさんは、ダークエルフ族のご夫婦だそうだ。

魔法薬素材の知識や、扱っている種類の豊富さは、他の店とは一線を画しているんだとか。

二人とも身長が高く、がっしりとした体付きをしていて、二十代半ばくらいに見える。

褐色《かっしょく》の肌に白く長い髪、エルフ族と同じ長い耳や美しい顔をお持ちで、そろそろ二百歳近い年齢なのだと聞いた時は、さすがファンタジーな世界だぜと思ったものだ。

「グレイシスから君のことは聞いていたよ。冒険者で、魔獣を使役していて、しかも魔法薬師でもあるんだろう？」

「長く生きている私達でも、なかなかそんな人間は聞かないから、会ってみたかったのよ」

ダークエルフのお二人がそう言うと、ハーネとライがピクリと反応する。

《あるじ、すごいあるじ！　じまんのそんざい！》

《ふふ～ん。すごいだろ！》

「あはは、それに、こんなに使役獣から好かれている使役者も見たことがないわ」

パタパタと嬉しそうに羽を動かすハーネと、ドヤ顔をして胸を張っているライを見て、ヨルトーグさんが笑う。

うん、なんか……褒められ過ぎると恥ずかしいものがあるね。

僕が顔を赤くして照れていると、鈴を鳴らしながらお店の扉が開く。

「あぁ、今回の護衛を頼んだ冒険者が来たみたいだ」

ルガブリアさんの言葉に、どんな人が入ってきたのかと振り向いて――僕は笑顔になった。

「カオツさん！」

なんと、お店に入ってきた冒険者はカオツさんだったのだ！

僕が声をかけると、視線を僕に向けたカオツさんがウゲッという表情をした。

「またお前かよ……」

「わぁ、カオツさんが一緒だなんて嬉しいです！」

「俺は全然嬉しくねぇし」

早くもゲッソリとした表情で舌打ちをするカオツさん。

以前の僕であれば、そんな嫌そうな顔をしたカオツさんにビクビクしていただろうが、この前の依頼時にカオツさんが本当は良い人であることが分かったので、すっかり怖さはなくなっていた。

それに、カオツさんはかなりの実力者だから、これからの不安感が一気に消し飛んだ。

もし僕に犬の尻尾があれば、ブンブン左右に振り回していただろうと思うくらいには嬉しい。

そんな僕達のやり取りを見て、ルガブリアさんが首を傾げる。

「おや、知り合いかい？　本当は、カオツ君の他にもう一人冒険者がいるんだが……その人から連絡があって、ダンジョン入り口付近での合流になるとのことだよ」

もう一人の女性冒険者もどんな人か気になるな。

グレイシスさんがルガブリアさんから依頼の品が書かれた依頼書を受け取り、ある程度の説明を受けてからすぐにダンジョンへと向かうことになった。

お店から出れば、僕達のためにルガブリアさん達が用意してくれた馬車が、ちょうど到着したところだった。

カオツさんが御者に行き先を伝えにいっている間、グレイシスさんと僕の二人は先に馬車に乗り込む。

「ライちゃん、馬車の中は狭いから私のお膝にいらっしゃい」

グレイシスさんはライを抱っこして膝の上に乗せてくれていたんだけど、頭が痛いのか、こめかみ部分を手で押さえていた。

気になった僕は声をかけてみる。

「あの、グレイシスさん……どうかしましたか？」

「え？」

「もしかして、頭痛がしたりしますか？　さっきからずっと頭を押さえているので……痛みが酷いようだったら、僕ので良ければ魔法薬を出しましょうか？」

そう尋ねたが、首を横に振られる。

「痛み止めを飲んで少し寝れば治ると思うわ。だから、移動中はちょっと寝てるわね」

グレイシスさんはそう言うと、自分の腕輪の中から魔法薬を取り出して中身を飲んだ。

目を閉じて寝る体勢に入ったグレイシスさんの膝に、ライがふわふわな尻尾をぽふりと置く。

寝ているグレイシスさんの肩が冷えないように、僕が腕輪の中から薄い布を取り出し、そっとかけてあげていると、「よし、それじゃあ出発するぞ」とカオツさんが馬車の中に入ってきた。

僕達の向かい側にドカリと座ったカオツさんは、ふとグレイシスさんを見てから、無言で僕の方を向くので、僕は口を開く。

「ちょっと頭痛がするようなので、目的地に着くまで少し休むそうです」

「大丈夫なのか？」

「はい、さっき痛み止めの魔法薬を飲んだみたいですし」

カオツさんに、ここにいるグレイシスさんは凄腕の魔法薬師で、僕のお師匠様でもあると伝えたら、納得したように頷いた。

「そうか、なら大丈夫だな」

「そうだといいです。そういえばカオツさん、目的地まではどれくらいで着くんですか？」

「ここから三時間ほど離れた町に寄って、そこから移動魔法でダンジョン――【黒魔《こくま》の翼《つばさ》】にひとっ飛びだ」

「ん？　この場所から移動魔法を使えば早くないですか？」

「んな長距離を一瞬で移動するなんて、アホみてーな魔力がなきゃ無理に決まってんだろうが」

僕が不思議に思いながら聞けば、呆れたように言われてしまった。

どうやら移動魔法は結構魔力を消費するらしく、移動する距離や人数によっても使う魔力が全然違うとのこと。

そう説明してくれたカオツさんは、ふと思い出したように言う。

「あぁ、そういえばお前のパーティリーダー、エルフだっけ？」

「はい」

「エルフは人間よりも魔力を多く持ってる奴が多いからな。お前んとこのリーダーがなんてことないように長距離を皆で移動したからといって、誰もが出来るもんじゃねぇ」

「ほぇー、そうだったんですね」

うちのリーダー、実はすごい人だったんだなーと、馬車に揺られながら思うのだった。

秘境のダンジョンへ潜入！

三時間ほど馬車の旅となるが、グレイシスさんは魔法薬を飲んでグッスリ眠っていた。

顔色はそんなに悪くはないから、魔法薬が効いているのかもしれない。

少し視線を落とすと、グレイシスさんの腕に顎を乗せたライも目を閉じて寝ているように見える。

まぁ、耳やひげはピクピク動いているから、熟睡《じゅくすい》しているわけじゃないみたいだけど。

チラリとカオツさんの方を見れば、こちらも腕を組んで目を閉じていた。体力温存も兼ねて寝ているのかもしれない。

ハーネに僕達も大人しくしていようね、と声をかけてから口を閉じる。

ガタゴトと揺れる馬車の中は、馬が走る音や車輪が地面を踏み鳴らす音以外何もなく静かだ。

やることもないし、僕はタブレットを取り出すことにした。

この前、シェントルさんからビックリするくらいのお金をいただいたので、ここでアプリをレベルアップしておくのも悪くない。

つい最近、新しいアプリも出てきたんだけど、もう少し僕自身のレベルが上がらないとロックの解除が出来ない。なので、今回は今あるアプリのレベルを上げようと思う。

今の僕の資金なら、どんなに高い金額だって怖くないっ！

【Lvを上げますか？　はい／いいえ】

『はい』を押す。

【※『覗き見Lv2』にするためには、1000000ポイントが必要になります】

『同意』を押したと同時に、タブレット内に表示されている金額——百万レンが一気に消えた。

心の中でキャーッと叫んでいると、『覗き見』のアプリに砂時計マークが付いてレベルが上がる準備に入る。

ガタンッ、と馬車が大きく揺れて頭を強《したた》かに打ち付けて悶《もだ》えている間に、砂時計マークが消えた。

涙目で側頭部を撫でながらアプリを見ると――


【New！『こっそり覗き見さん』の称号を獲得】

【称号を獲得したことにより、アプリ内での選択肢が増えました】

【一日二回、使用出来ます】


……なんか、不名誉な称号が与えられたような気もするけど、ここは気にしないことにして、新しく出た選択肢を見てみようと思う。

Lv２になったアプリを開くと、『過去視』『未来視』『過去・未来視』といった三つの選択が出来るようになっていた。

試しに覗き見する人をカオツさんにして、過去や未来をタップしてみると消費魔力が『60』で、過去と未来の両方を見るのなら『80』と出た。

まぁ、魔力は魔法薬を飲めばすぐに元に戻るから気にすることはないんだけど……一気に魔力の消費量が増えたな。

その分、前のレベルよりも映像が鮮明に見られるのかもしれない。

僕はそのままカオツさんを覗き見してみることにした。

最初だから、ここはやっぱり『過去・未来視』でしょ！

タップすると、前と同じように視界が切り替わる。

今回はLv1の時よりも、より鮮明に人の姿や顔が見えた。声は依然聞こえないけど。

ただ、不思議なのが……カオツさんと一緒に、ラグラーさんとケルヴィンさんもいるんだよね。

どこかの酒場で男三人、何かを話しながら楽しく飲んでいるようだった。

この光景は、おそらく未来のことを映しているのだろう。


そこに、カオツさんの肩に後ろから来た誰かが腕を乗せるのが見えた。

顔や体は見えなかったんだけど、一瞬だけ見えた腰の位置に装飾品があって、もしかしたらその人はグレイシスさんなんじゃないかと思った。

もう少しで顔が見える——というところで場面が変わる。

次に見えたのは、どうやらカオツさんが僕くらいの年頃の過去のようだった。

同年代の少年達五人でパーティを組んで、魔獣討伐をしているらしい。

見ていて分かったのが、少年のカオツさんも他の冒険者である少年達よりも抜きんでて強いということだ。

そしてまた、光景が一瞬にして変わったんだけど……

僕は体を固くした。

おびただしい量のモルチューに囲まれた少年のカオツさんと、気弱そうな少年が映ったからだ。

モルチューと言えば僕が剣を扱う時、最初に討伐練習をした魔物だ。

剣を扱う初心者であっても簡単に倒せる魔獣なはずだけど、あんな数に囲まれたら、どんなに強いといっても少年のカオツさんにとって不利な状況であるのは火を見るより明らかだ。

どうなってしまうんだろう、そう固唾《かたず》を呑んで見守っていると――『覗き見』が終了してしまった。

「……あ」

あまりにも続きが気になる場面で切れてしまい、思わず声が出る。

そんな僕を目を開けたカオツさんが不審そうな顔をして見ていた。

「あ、なんでもないです。ちょっと馬車酔いしちゃったみたいで～」

そう誤魔化《ごまか》しながら、腕輪の中から酔い止めを出すふりをして魔力回復薬を魔法薬を取り出して飲む。

続きが気になる！

ということで、『過去視』をタップする。

お願いします、さっきの続きを見せてください！　と心の中で強く願うと、願いが聞き届けられたのか、先ほどの光景が見えた。

最初はカオツさんも頑張っていた。

もう一人の少年はといえば、戦わずにカオツさんの近くで魔法薬か何か使っているのを見ると、冒険者というよりも以前の僕のような雑用みたいな子なのかな。

少年の近くを鳩《はと》くらいの大きさの魔獣が飛んでいるので、彼の使役獣なのかもしれないけど、魔獣がまだ幼過ぎて戦えないのだろう。

倒しても倒しても増え続けるモルチューに、次第にカオツさんが押されていく。

僕が手に汗を握りながら見守っていると、ついにその時がやってきた。

カオツさんと少年が、徐々に引き離されていく。そして次第にモルチューによって少年の姿が覆いつくされ、見えなくなった。

鳥の魔獣も自分の主を守るようにモルチューに突進するが、敵の数が多過ぎて意味をなさない。

息が上がった様子のカオツさんが、最後の力を振り絞って攻撃魔法を周囲に放った——ところでまた光景が変わる。

次に映ったのは、カオツさんを含めた四人の少年が俯いて、小さなお墓のようなものに花を捧げている場面だった。

一人、二人とその場を離れていってもカオツさんはずっと立っていた。

それからは、コロコロと場面が変わっていく。

「——ぃ」

なんだろう、すごく……胸が痛い。

「ぉ——」

もしかしたら、龍の息吹にいた時の僕に対するカオツさんの態度は、何か意味があったんじゃないかな。

「っ——ぃ」

今思えば、カオツさんは僕を嫌っているような態度や言動を取ってはいたけど、それは『戦闘も何も出来ない冒険者としての僕』に対しての悪態《あくたい》だけだった。それ以外の、僕個人についての悪口は……例えば僕自身を直接否定するようなことは一切なかったと思う。

もしかしたら、あの過去があったから、カオツさんは僕にあんな冷たい態度をとっていたんじゃないだろうか。

「おいっ！」

ガシッと肩を強く掴まれ、一気に視界がクリアになる。

まばたきすれば、カオツさんが不審そうな表情で僕の顔を覗き込んできていた。

「……へ？」

「へ？　じゃねぇよ。いきなりボーッとしたと思ったら涙を流しやがって。何度声をかけても無反応だし」

はぁっ、と溜息を吐きながら、カオツさんは僕の肩に置いていた手を離すと、立ち上がって元の位置に座り直す。

頬に手を当てたら、涙で濡れているのに気付いた。

本当に泣いていたらしい。驚いた。

慌てて服の袖《そで》で拭いていると、隣で寝ていたグレイシスさんが起きたらしく、僕の様子を見て「どうしたの!?」と目を見開いた。

そしてなぜか、ギッ！　とカオツさんを睨み付ける。

「ちょっと、あんた！　私の愛弟子《まなでし》を泣かせるなんていい度胸してるわね！」

「あぁ？　何言ってんだ」

「これ以上ケントを泣かせたら、一日一回小指に激痛が走る以上の呪いをかけてやるわよ!?」

「は～!?　ちょっと待て。あれ、お前が犯人かっ！」

急に馬車の中に殺伐《さつばつ》とした空気が流れ出し、僕は冷や汗をダラダラと流す。

いや、グレイシスさん、ある意味カオツさんに泣かされたようなものかもしれないけど……直接泣かされたわけじゃないので！
この後、事態を収拾するのにすごく……すごく苦労した。
目的地に着くまでグレイシスさんとカオツさんは、ガルガル唸りながらお互い睨み合ってい
て——馬車を降りた頃には、その間で宥《なだ》めようとしていた僕はどっと疲れたのであった。

第一の目的地である町に着いて馬車を降りた僕達は、カオツさんの案内である食堂の中へと入っていく。

道中で、とある店の一室を転移魔法陣を使う時のために借りると聞いていたが、ここのことだろう。

「あら、カオツじゃない！」

ここの店員さんらしい綺麗な女性が、カオツさんを見て近付いてきた。

「あぁ、久しぶりだな。店主はいるか？　『いつもの部屋』を使わせて欲しいんだが」

「今買い出しに出てるところだけど、カオツが来たらいつでも使っていいって言ってたわよ？」

「それじゃあ、お言葉に甘えて使わせてもらうよ。店主には、仕事が終わったら礼をしに来るって伝えておいてくれ」

「分かったわ」

どうやら、ここの店主さんとカオツさんは知り合いらしい。

女性に案内をされながら、店の奥に僕達は歩を進める。

僕とグレイシスさんの前を歩くのは、店員さんとカオツさんなんだけど……

「ねぇ……今回のお仕事はいつ終わるの？　終わったら飲みに行きましょう。私の奢《おご》りでいいから」

「はいはい、気が向いたらな」

カオツさんの腕に両腕を巻き付けてしなだれかかる女性に、カオツさんはその頭をポンポン撫でていた。

おぉ、さすがカオツさん！

カオツさんって男の僕から見てもカッコイイからね。そりゃあ女性にモテモテでしょう。

ウンウンと頷いていた僕の横でギリィッ！　という音が聞こえてきた。

そちらへ顔を向けると、グレイシスさんがすごい顔でカオツさんを睨み付けていた。もしかして今の、歯軋《はぎし》りの音？

「……あのぉ、グレイシスさん？」

「私、あぁいうチャラい男って嫌いなのよ。ホント、大っ嫌い」

「…………」

なんて言っていいのか分からない。

未来で見たグレイシスさんとカオツさんは笑い合っていたような気がするけど……

どうやったらあんな未来になるのかな？　と首を傾げる。

「この部屋を使って」

女性に案内されたのは、ベッドが一つだけ置かれている小さな部屋だった。

「それじゃあ頑張って」と言って仕事へと戻っていった女性を見送った後、カオツさんは床の中央にチョークのような物で魔法陣を描く。

そして僕達が魔法陣の中に立ったのを確認して、手のひらに刃を当てて血を魔法陣へと垂らした。

血を魔法陣に垂らすことによって、消費する魔力をある程度抑えることが出来るんだって。

魔法陣が発した炎のような赤い光が、僕達を包み——次に目を開けた時には、僕達は巨大な木の根元に立っていた。

「ここはもう、ダンジョン【黒魔の翼】の中層の手前だ」

「え、そうなんですか!?」

聞いた話では、ダンジョンの入り口付近でもう一人の人と合流する予定だったよね？

僕がそのことを聞くと、カオツさんはすぐに答えてくれた。

どうやらもう一人の冒険者とカオツさんは知り合いらしくてお互い連絡を取っていたんだけど、

馬車に乗る前に急遽《きゅうきょ》、入り口じゃなくて中で合流しようとなったらしい。

「依頼人から頼まれた品は、入り口近くでは手に入らないからな。ちょうど中層辺りから手に入る物ばかりだから、それだったら最初からその手前で合流しようっていう話になったんだ」

「そうだったんですね」

それだったら先に言えよ、というグレイシスさんの呟きは聞こえないことにしておいた。

「あ、カオツ！　いたいた～」

僕達の後ろからそんな女性の声が聞こえたので振り向けば、長身のキリッとした美女がこちらに手を振りながら走ってきているところだった。

僕達の元に辿り着いた女性は、まず僕とグレイシスさんに挨拶をしてくる。

「初めまして、今回あなた達の護衛を依頼されたAランク冒険者のカイラよ」

「初めまして、魔法薬師のグレイシスです」

「あ、僕はケントです！」

頭を下げて挨拶をすると、「そんなかしこまらなくてもいいわよ」と言ってくれた。

カイラさんは、グレイシスさんに負けず劣らず綺麗系でキリッとした美人だ。

それに、Aランク冒険者なだけあって、全体的に綺麗に筋肉がついている。だけど、男性のようにゴツイってわけじゃない。

思わず、グレイシスさんにも負けない大きなお胸にちょっとだけ視線が行ってしまったのは、許してほしい。

自己紹介を終えたところで、中層へ進む準備をしていく。

お互いが持っている持ち物の確認を済ませ、依頼人から特別に支給された緊急避難用の魔法陣が書かれた紙を各自で一枚待つ。

「それじゃあ、グレイシスさんが地図を見ながら進む方向とかを決めて？　私やカオツは、戦い専門で魔法薬の素材については全く頼りにならないからさ」

「分かったわ。魔草は私やケントでも採取出来るものがほとんどだから大丈夫なんだけど、魔獣の方はかなり強いものが多いみたいなの。そっちはお二人に任せるわ」

「えぇ、任せてちょうだい！　そのためにいるんだから。ただ、必要な部位を事前に教えてもらえたら助かるかな。その場所は攻撃しないようにするから」

胸をドンと叩くカイラさんは、とても頼もしく見えます。

それから、地図を開いてどの場所にどのような魔獣などが生息しているか話し合っていたグレイシスさんとカイラさん。

お互い同年代の女性同士ということもあり、この二人はすぐに打ち解けたようだった。

「――まずは、この場所よりも南西に一時間歩いたところに生息してる、魔獣『六角蜘蛛《ろっかくぐも》』の脚と毒液を採取したいわね」

「了解っ。じゃあ、移動時の先頭は私が務めるわ。その後ろに使役獣も使えるケント君。その後ろにグレイシスさんで、最後尾がカオツね」

「はいっ！」

「あぁ」

「それじゃあ行くよっ！」

カイラさんが巨大な木の幹に手を置く。それからグッと手に力を込めて押し込むようにすると――グニャリッと木とカイラさんの手が歪む。

そのまま足を踏み出せば、カイラさんの体が木の中へと消えていった。

これは、ダンジョン表層から中層へと行く扉のようなもので、ここを通れば中層へと進むことが出来ると事前に説明を受けていた。

このダンジョンは少し特殊で、複数ある『扉』のどれか一つを使用しない限り、中層階や深層階へと移動出来ないことになっている。

僕が今まで行ったダンジョンにはなかったように、全てのダンジョンに存在しているわけじゃない。

初めての扉に少しドキドキしながら、念のため『危険察知注意報』アプリを起動して、僕も進む

ことにする。

手を伸ばして木に触れると、指先から腕にかけてグニャリと形が歪むが、痛みはない。

そのまま進めば――

「お、来たね！」

僕の前で、ニカッと微笑むカイラさんが待っていた。

そして、僕に続くようにして、ハーネとライ、それにグレイシスさんとカオツさんが、歪んだ空間から現れる。

「よし、それじゃあ出発しようか！」

カイラさんの号令で、僕達は進みはじめたのだった。

カオツさんの実力

そこからは、何度か足を止めて、魔草の採取などをしていく。

というのも、この【黒魔の翼】は貴重な素材が多いこともあって、依頼の品以外にも、グレイシスさんが良いと思うような物があれば採ってきてほしいとルガブリアさんに言われていたからだ。

今回は依頼主からの要望ということもあり、途中で何度も足を止めてもカオツさんがキレることはなかったし、ちゃんと採取を手伝ってくれた。めんどくさそうな顔をしてはいたけど。

採取しながらの移動ということもあって、一時間くらいで着くはずだった本来の目的地までなかなか辿り着かない。

そんなわけで、僕達は一度休憩を取ることになった。

カオツさんとカイラさんは体力的に問題はなさそうだったんだけど、魔法薬師であるグレイシスさんや僕の体力面を考慮してくれたのだ。

周囲をカオツさんとハーネとライが一緒に警戒している中、グレイシスさんとカイラさんが今後の移動予定を話し合う。

皆の様子を見つつ、やることのない僕は、何か飲み物を提供しようかと『レシピ』を見始める。

ちょっと炭酸系が飲みたいな～と思っていたら、ちょうどいい飲み物を見付けた。

その名も、『シュワッとはじける、レモンエイド』。

美味しそうだし、作るのも簡単そうだったのでこれにしよう！

近くのそこそこ大きい岩の上で、腕輪の中から出したまな板とグラス、それに材料を置いた。

使うのは、『ショッピング』で購入した市販のレモン汁とミント、それに炭酸水と氷だ。

まずは、グラスの中にレーヌとエクエスがせっせと集めてくれた花蜜《かみつ》を注ぐ。

この花蜜は、蜂蜜より甘みが強くて美味しいのだ。

そこにレモン汁とミント、氷を入れてから炭酸水を注ぎ、マドラーでかき混ぜたら完成！

「皆さん、喉が渇いていませんか？」

僕が声をかけたら、カイラさんがすっ飛んできた。

「飲み物を作ってくれたの？　嬉しい～！」

「ちょっと口の中がシュワシュワする飲み物です。甘酸っぱいのは苦手とかありますか？」

「全然平気～」

カイラさんはそう言って僕の手からグラスを受け取ると、口を付けてレモンエイドを飲み――

「酸っぱいけど、甘くて口の中がシュワシュワして美味しい！」

そう絶賛してくれた。

「ちょっと、あんたも飲んでみなさいよっ！」

「いってぇな！　その馬鹿力で人を叩くんじゃねえっ！」

カイラさんに背中をバシバシと叩かれたカオツさんも、怒りながらも僕からグラスを受け取る。

一口飲んでみたカオツさんは「……確かにうめぇよ」とボソリと呟き、その後グラスの中をジーッと難しい表情で見つめていた。

「おい、やっぱりこれ――」

「ケントく〜ん！」

カオツさんが何か言おうとしていたが、それを遮るようにして、カイラさんが僕を呼んだ。

グラスの中身を全て飲み干し、カイラさんがズズイッ！　と顔を近付けてくる。

「うわぁっ⁉　は、はい、なんでしょう？」

「ケント君さ〜、もしよかったら私とパーティを組まない？」

「へ？」

「ケント君がいたら、絶対に美味しい食べ物を提供してくれそうなんだもの！　その代わり、冒険者として手取り足取り、いろ〜んなことを教えてあげるから！」

んね？　どう？　と両手を握られながらドアップで懇願《こんがん》され、僕は口をパクパク開けたり閉じたりしていた。

すると、「ダメよ！」とグレイシスさんが割り込んでくる。

カイラさんの腕にチョップをかまし、僕の体を引き寄せてギューッと抱きしめるグレイシスさんに、僕は心の中でひょえーっと叫んだ。

「ケントは私達暁の、大事な一員なんだから！」

「グレイシスさん……」

胸が背中に当たっていて、違う意味でもすごくドキドキするけど、グレイシスさんの今の言葉に胸がジーンとした。

でも次の「ケントがいなくなっちゃったら、私達が餓死《がし》しちゃうじゃない！　絶対離さないんだから！」という本心に、ですよねーと笑ってしまった。

なんて言ったって、皆さんの胃袋をがっちりと掴んでいますからね。

「ちぇーっ、残念！」

その反応を見たカイラさんは本気では残念がっていないような態度で、口をとがらせている。

ちなみに、僕達のやり取りを半眼になりながら見ていたカオツさんは、レモンエイドを飲み干すとそのまま何も言わずに離れていった。

そんなカオツさんに、ハーネとライが《ねぇねぇ、あそぼ～》と言いながら付いて行く。

なぜかカオツさんにハーネとライは懐いているんだよね。

めんどくさそうにしながらも、二人の相手をしてくれるカオツさんはやっぱりいい人なんだと、再認識した瞬間であった。

そんな休憩を終えた僕達は、再び出発する。

魔法薬でライかハーネを大きくして移動するのはどうかと提案してみたんだけど、そうすると希少な素材を見逃す場合があるからと、グレイシスさんに却下《きゃっか》されてしまったんだよね。

まぁ、歩き疲れたら魔法薬を飲んで体力を回復すればいっか。

普通であれば所持している魔法薬の数にも注意する必要があるんだけど、僕の場合は『ショッピング』で材料を購入して調合出来ちゃうから問題はないし。

ダンジョンの中層に入ってから、今までで十種類以上の素材を採取しているのを考えれば、やっぱり自分達の足で歩いていた方が見付けやすいんだろうなと思う。

そんなわけで、スズランの花の部分だけがタンポポの綿毛みたいになっている、難聴によく効く魔法薬の素材になる『オモノスィ』という名前の魔草を見付け、僕とグレイシスさんが専用の容器に入れていると――

僕達を守るように立っていたカオツさんとカイラさんが、腰に佩いていた剣を静かに抜いた。

どうしたんだろうと見上げた瞬間、『危険察知注意報』が反応した。

表示されているのは**【危険度70〜89】**――僕一人なら命の危険が迫っているレベルだ。

それにしても、僕が『危険察知注意報』で気付く前に、カオツさんとカイラさんは気付いていたけど……さすがAランク冒険者といった感じだな。

「う〜ん、まだ距離は結構あるようだけど……」

「そうだな。方向的には六角蜘蛛がいるところじゃねーか？」

「そうなんだけど、六角蜘蛛にしては強いような気もするのよ」

「変異種か、違う魔獣がいるかもな」

「かもね。まっ、気を付けた方がいいでしょう……二人とも、ここからは危険になるかもしれないわ」

カオツさんとカイラさんは二人でそう話し合い、注意してくる。

だけど、二人とも普段と変わりのない感じだから、僕やグレイシスさんも極度に緊張することはなかった。

「あの、もしよければ気配を消して、ついでに私達の姿を見えなくする魔法をかけることが出来るんだけど……使った方がいいかしら？　常時広範囲に魔法をかけ続けるのは辛いけど、狭い範囲でなら数時間は持つわよ」

そうグレイシスさんが言えば、「本当!?　助かるわ〜！」とカイラさんが顔の横で手を合わせる。

移動の途中で他の魔獣と鉢合《はちあ》わせるかもしれないけど、グレイシスさんの魔法で気配を消して見えなくすれば、魔獣は僕達に気付かず襲ってくることもない。体力の温存にもなるだろう。

「あまり私から離れ過ぎたら効かないから、気を付けて」

グレイシスさんが頭上に手を翳すと、金色のベールが僕達を覆う。

視界は変わらずはっきり見えるけど、周りを金色の薄い膜が覆っていて、この中から出なければ魔獣には気付かれないそうだ。

グレイシスさんの魔法を見て、カオツさんもカイラさんも驚いた表情をしていた。

まさかこんなにすごい魔法を使えるとは思ってもみなかったらしい。

二人の反応に、うちのグレイシスさんすごいでしょ！　となぜか僕が誇らしくなってしまう。

とりあえずさっきの反応を確認しようということで移動することしばし、『危険察知注意報』の画面を見ると、いつの間にか大きな赤いマークが僕達の近くに表示されていた。

ついに、危険な魔獣の側にまでやってきました。

グレイシスさんの魔法のおかげで、魔獣には気付かれていない。

ギリギリ魔獣が見えるくらいの離れた場所にいる僕達は、木の陰に隠れながら魔獣がいる方を注視した。

そこには、手足をもがれた『六角蜘蛛』が数匹地面に転がっていた。そしてそれよりも奥で、何かが動いているのも見えた。

「あ～……これは、六角蜘蛛じゃない魔獣がいるわ」

目を細めて先を見つめているカイラさんが、口を開いた。

どうやら、かなり強い魔獣が僕達より先に六角蜘蛛を倒していたみたいだ。

「あ、あれはっ⁉」

「え、グレイシスさんどうしたんですか？」

その魔獣の姿を見たグレイシスさんが、口を押さえて震えていた。もしかして、かなりヤバい魔獣なんじゃ!?

「あの魔獣――『アドモーン』の鼻先の角は超希少なのよ！　魔法薬師協会に売ったら一本で五百万レンはするわよ！」

どうやら、恐怖ではなく、嬉しくて震えていたらしい。

しかも依頼品じゃないから、自分のモノにしても問題はない。

アドモーンなる魔獣をよくよく見たら、ちょっと恐竜に似ていた。トリケラトプスだっけ？

「角が三本あるから、私とケントが一本で、残りは二人に譲るわ」

「それはいいわね！　――よしっ、カオツ、行ってきなさい！」

グレイシスさんの言葉を受けてカイラさんがそう命令すると、カオツさんは口を尖らせる。

「はぁ？　俺一人でかよ」

「私は二人を護ってるから」

「……分かったよ」

渋々《しぶしぶ》といった様子で引き受けたカオツさんに、僕は声をかける。

「あ、あの！　カオツさん、これ……体を軽くする魔法薬です。良かったら使ってください」

僕が魔法薬を差し出すと、一瞬驚いた表情をしたカオツさんだったけど、いつものように舌打ちしたり手を払われたりすることもなく――「ありがとよ」と言いながら頭を撫でられた。

「――っ⁉」

僕がぽかんっと口を開けて呆《ほう》けている間に、僕の手から魔法薬が入った瓶を受け取ったカオツさんは、中身を一気に飲み干す。

「っふぅ。んじゃ、さっさと片付けるとするか」

カオツさんは両手に短剣を握ると、グッと地面を踏みしめてから一気に駆け出した。

立ち並ぶ木々をスルスルと避けながらハイスピードで駆け抜け、あっという間にアドモーンの懐に辿り着く。

しかし、その位置はグレイシスさんがかけてくれた魔法の範囲外だ。

そのため、アドモーンは、カオツさんの存在にすぐに気付き、唸り声を上げながら、あの巨体からは信じられない速さでカオツさんに噛みつこうとした。

カオツさんはそれでも表情を変えずに――どちらかと言えば余裕そうな顔で攻撃を躱す。

そんなカオツさんを、僕は先ほど頭を撫でられた嬉しさで顔をにやけさせながら見ていた。

一方で隣にいるグレイシスさんは、僕とは違って顔を顰《しか》めている。

「……あの人、あんな短剣でどうやって戦うのかしら」

「あぁ、カオツの戦いはちょっと特殊なのよね」

グレイシスさんの呟きが聞こえたらしいカイラさんが、答えてくれる。

「カオツが持っている剣は変わってて、魔法を『吸収』するのよ」

「吸収？」

僕も龍の息吹にいた時や、この前の依頼で何度かカオツさんが戦っている場面を見たことがあるけど、確かにあんな短剣だったっけ。

あれ？　と首を傾げていると、「まぁ、見てれば分かるわよ」とカイラさんはカオツさんが戦っている方へ視線を向ける。

僕達もそちらを見れば、ちょうどカオツさんが攻撃に移るところだった。

少し魔獣から距離を取ったカオツさんが、両手に持った短剣をクルクルと回転させてから持ち直し、ブンッと下に一振りした瞬間――

「あっ、刃の部分が伸びた！」

グンッと長く伸びた刃は、何度か見たことのある薄い水色のもので、光に翳《かざ》すと透《す》けるように薄いのが特徴的だった。

「ああやって、吸収した魔法を刃に出来るのよ。あれはカオツがいつも使う水の刃ね。切れ味がすごくいいのよね～」

カイラさんの言う通り、アドモーンの体には、大小様々な傷が出来ていく。

でも、どれも浅いものばかりなためか、ダメージは少ないようだ。

カオツさんは魔獣の死角をついて、脇腹に剣を突き刺そうとしたが、どうやらその部分の皮が硬いらしく通らないようだった。

攻撃される前にいったん離れたカオツさんは、ペロリと舌なめずりをしてからもう一度剣を振る。

すると、今度は真っ赤な色に刃の部分が変化した。

地面に咲く花に剣先が触れた瞬間、一瞬にして花が燃え上がるのを見て、僕は思わず声を上げた。

「火だっ」

「正解～。確か水と火の魔法以外にも、雷や闇系の魔法なんかも刃に出来るって言ってたかしら」

「ほわぁ！　カオツさん、かっけぇー！」

僕がカオツさんを見ながら目をキラキラさせていると、そんな僕の隣で一緒に見ていたグレイシスさんが「でも私、あぁいうチャラい男は苦手だわ……女にもだらしなさそうだし」と呟いていた。

けっこう小さい声だったんだけど、ばっちり聞こえていたらしいカイラさんは、手を口に当ててニヤニヤ笑い、「えぇ、なになに？　これはもしかして～？」と一人で何か盛り上がっている。

それからほどなくして、難なくアドモーンを倒したカオツさんが、角を三つ持って帰ってきた。

「ほら、お望みの角を持ってきてやったぞ」

しかも、アドモーンと戦いながらも、近くでまだ動いていた六角蜘蛛にトドメを刺すという高度な技を披露《ひろう》してくれた。

もう、僕のカオツさんに対する信頼度は爆上がりである。

「かっこよかったです、カオツさん！」

「煽《おだ》てても、何も出ねーよ」

僕の言葉にカオツさんは肩を竦め、また頭を撫でてくれる。

《はーねもなでて～》

《らいも！》

にへらっと笑っていたら、それを見たハーネとライもカオツさんに強請《ねだ》っていたが、言葉が通じないので「お前らはなんなんだよ!?」とウザがられていた。

でも結局頭を撫でていたので、小さい子には強く出られないようである。

各自で角を懐に入れて、ついでにグレイシスさんが依頼品である六角蜘蛛の脚と毒液が入った瓶を回収して、いったん今日の討伐は終わりとなった。

『危険察知注意報』にも、危険な魔獣は近くにいないと出ているので、まずは少し場所を移動して本日の野営場所を探すことに。

ハーネとライが辺りを視察して、安全そうなところに移動する。

カオツさんが木の枝で円を描くように地面を削り、その中央付近でカイラさんが、魔物が近付けなくなる『魔避《まよ》けの木』を種から木へと成長させていた。

これで魔獣からの攻撃は心配しなくてもいい。

グレイシスさんはといえば、本日採取した魔草やら魔獣の素材やらを調べている。

ハーネとライは周囲の偵察に出たので、僕は皆の夕食を作ることにした。

ダンジョンに入る際は、冒険者であれば各自が自分の食事なり携帯食なりを持ってくるのは当然のことだ。

状況が状況なら、腕輪の中に入っているサンドイッチとかおにぎりなどの携帯食を食べるつもりだったんだけど……こんな風にゆっくりと食べられる時間があるのなら、温かい食事を作って美味しく食べたいじゃない。

僕とグレイシスさんだけ温かい食事を食べるのもなんだから、カイラさんに「皆さんの分も作らせてください」と言ったら——

「逆に嬉しい提案よ！　ありがとう！」

なんて喜ばれた。

さてさて、何を食べようか……

『レシピ』を見ながら悩んでいると、ふと、これなら女性の皆さんでも喜んでもらえるだろうというものを見付けた。

それは『参鶏湯《サムゲタン》風スープ』である！

タブレットの『レシピ』の中の料理なので、鶏肉というより鳥系の魔獣の肉を使ったものだけどね。

本格的な参鶏湯《サムゲタン》と、市販の参鶏湯《サムゲタン》スープやスパイスミックスを使用した参鶏湯《サムゲタン》風なお手軽料理を選べたんだけど、もちろんここは簡単なものでいきたいと思います。

失敗することはないとは思うけど、一度も作ったことがない料理だから、ここは無難な方で。

まずは必要な道具などを全て腕輪から出してから、次に使うものを『ショッピング』で購入しておき、料理に取りかかる。

参鶏湯《サムゲタン》のメインともいえる鳥肉は、いつも食べている魔獣のフォエ鳥を使う。これはラグラーさんに解体してもらっていたものだ。

もも肉と手羽先を取って、沸騰《ふっとう》させておいた鍋に入れて、白くなったところでざるに上げ、水でアクを流していく。湯通ししておけば臭みがなくなるんだよね。

洗った鍋の中によく振ったスープとスパイス、もち米、切ったネギや肉を入れ、煮込んで出てきたアクを取り除く。

コトコト煮込んでいると、いい匂いが辺りに漂ってきた。

この待っている間に他の料理も作っても良かったんだけど、大量にフォエ肉を使っているからこれでお腹がいっぱいになるでしょ。

足りなかったら、ここにうどんを入れても美味しそうだよね。

そんなことを考えているうちに、参鶏湯《サムゲタン》風スープが出来上がった。

「はーい、皆さん出来上がりましたよ～」

地面に布を敷き、丸くなるようにして座っている皆さんの中央に鍋を置く。

「……初めて見る料理ね」

「………」

カイラさんとカオツさんは鍋の中を覗きながら、見たことのない料理に興味津々である。

しかし中身――肉が魔獣の肉だと伝えたら二人とも顔を引きつらせていた。

うん、初めての人はだいたい皆そんな顔をするんだよ。

底の深い皿にまずは手羽先を五つ入れ、たっぷりのネギとスープをかけて皆に手渡す。

「………」

「………」

「いっただっきまーす！」

「どうぞ、召し上がれ～」

カオツさんとカイラさんはお皿を持って固まっていたが、グレイシスさんと僕がお肉を食べてスープを飲み込み、「ん～っ、美味しぃ！」と言えば、恐る恐るといった感じで口に入れた。

「――っ、何これ～⁉」

「…………」

カイラさんは一口食べた瞬間に目をキラキラさせて、カオツさんは無言になった。

しかしすぐに食事を再開し、あっという間に鍋は減っていく。そうして鍋の中身がカラっとなくなった時、難しい顔をしていたカオツさんが口を開く。

「……やっぱり……なぁ、お前――」

「ねぇっ、ケント君！」

しかしその瞬間、カイラさんが素晴らしい笑顔で僕の手を握り込んできた。

ぎゅっと寄せられたお胸様が、目に眩しい。

何か言いかけていたカオツさんは、カイラさんが被せ気味に僕に話しかけているのを見たら、溜息を吐いてから離れていってしまった。

何か僕に言いたいことがあったのかな？　とカオツさんを見ていたんだけど、その視線の先にカイラさんが笑顔で入り込んでくる。

「ねぇ、ケント君。私の嫁《よめ》にならない⁉」

「ほへ⁉」

「私、結構稼いでるから、苦労はさせないよ～？」

急な提案に口をぽかんと開けていると、グレイシスさんに後ろからギュッと抱きしめられる。

「だから、ケントは誰にもあげませんって！　変な誘惑をしないでちょうだい！」

「えぇ、いいじゃない。ほら、それならあそこにいるカオツでもあげるからさぁ」

「は、はぁあぁぁっ!?　あ、あの人なんて、別にいらないわよっ！」

「あんな見た目だけど、彼女が出来たら一筋の男だよ？　優しいよ？」

「なんの話をしてるんですか！　話を逸らそうってもダメよ。ケントは絶対に離さないんだからっ」

むぎゅむぎゅと押し付けられるグレイシスさんのお胸に、僕は動けない。

そんな時、ハーネとライも話に交じってきた。

《え〜、なになに？　あるじはは－ねとらいの、あるじだよ〜》

《うん。ごしゅじんは、らいとは－ねの！》

え、なんか急にモテ期が到来した感じなんだけど!?

助けを求めるようにカオツさんに視線を向けると、すでに食事を終えていたカオツさんはその場からさっさと離れ、寝る準備をしていたのだった。

ケントの成長

翌日――

朝早く起きて朝食を食べ終えた僕達は、次の素材――魔獣『トムイラーン』の羽と嘴《くちばし》を採取するために草原を歩いていた。

トムイラーンは瑞々《みずみず》しい草花が咲いている広い大地に生息している魔獣で、ぱっと見た感じグリフォンに似ている。

強靭な馬の体に、背中に生えている翼と顔は鷹《たか》のようなものだ。

そんな魔獣が三頭ほど、地面に生えている魔草をハムハムと美味しそうに食べていた。

頭と翼がなければ、馬が放牧されているのかと錯覚しそうである。

ただ、『危険察知注意報』には **【危険度75】** と表示されている。

長い尻尾を揺らして魔草を食べる姿は微笑ましいが、危険な魔獣なので油断は禁物《きんもつ》だ。

それにしても普通であれば、隠れる場所も何もないような草原を歩いて近付いているので、僕達の存在に気付いてもおかしくないんだけど……二十メートルしか離れていない僕達に気付いた様子はなかった。

カイラさんによれば、あの魔獣は目が悪いらしく、かなり接近しないと気付かれないんだとか。

ただ、匂いには敏感なので、今はあの魔獣の風下を歩くように移動しているんだって。

「グレイシスさん、あの魔獣の嘴と羽が素材になるのよね？」

「ええ。ただ……素材になるのは黒い翼の内側に生えている白い羽だけね。白ければ白いほど価値が上がるんだけど、血が付着すると使い物にならなくなるから気を付けてほしいわ」

「分かったわ」

カイラさんは頷くと、なぜか僕を見る。

「ケント君、今回は君も一緒にアレを討伐してみる？」

「へ？」

カイラさんはそう言って、トムイラーンを指した。

「ぼ、僕が一緒に行って……足手まといになりませんか？」

「あははは。ケント君、君はそんなことは気にしなくてもいいんだって！」

カイラさんは僕の背中を軽く叩いているつもりなんだろうけど、思った以上に力が強い。

パシパシと軽い音じゃなくて、バッシン、バッシン！　っていってるんだけど。

地味に痛いです。

三体もいるし、大丈夫だろうかと思っていたんだけど、でも、次のカイラさんの言葉を聞いてハッとなる。

「何事も経験しなきゃ！」

それは、暁の皆にいつも言われている言葉だった。

対峙する魔獣が強いからと言って、いつまでも逃げていたら強くなれない。

周囲にサポートしてくれる人達がいるのなら、挑戦してみるべきなんだ。

「あの、危なくなったら助けてもらえますか？」

「もちろんよ！」

ドンッ！　と胸を拳で叩くカイラさんがすごく頼もしく見えた。

こうして、今回の魔獣の討伐は僕とカイラさんだけで行うことが決定した。

グレイシスさんは、少し離れた場所にあった珍しい魔草を見付けたようで、ずっと地面にしゃがんでいる。採取するのが難しい魔草で、ちょっと忙しいみたい。

カオツさんは、そんなグレイシスさんの護衛につくことになった。さすがに一人には出来ないからね。

いつでも剣を抜ける状態で周囲に目を光らせていて、頼もしいです！

「それじゃあ、行こうか！」

「はい！　よろしくお願いします」

「それじゃ、私が先に行って減らしてくるね」

カイラさんはそう言って、トムイラーンがいる方へと駆け出した。

思っていたよりも速く走るカイラさんは、あっという間に辿り着く。

『ピギャー！』

匂いでカイラさんの存在に気付いた一頭のトムイラーンが、翼を広げながら前足を高く上げる。

カイラさんは、立ち上がったことによってガラ空きになったトムイラーンの懐へ潜り込むと、下から拳を鋭く突き上げた。

ゴッ！　という鈍い音と共に、巨体が反り返りながら二、三メートル地上から浮き――ドスンッと地面へ落ちた。

こんな短い時間で、早くも魔獣一頭を再起不能にしていた。

さらにカイラさんは腰を低くし、近くにいた別のトムイラーンが放つ攻撃をバク転で躱してから、立ち止まるのと同時に腰に佩いていた二本の剣を素早く引き抜く。

硬化して放ってきた羽を剣で弾くと、腕をクロスさせてから一気に両側に振るようにして、持っていた剣を投擲した。

カイラさんの黒くて長い髪が空中に浮きあがり、背中へとゆっくり落ちるよりも早く、トムイラーンの二か所の急所にカイラさんが放った剣が深々と突き刺さる。

す、すごい！

あっという間に仲間を倒されて残り一体になったトムイラーンは、迷うような素振《そぶ》りでカイラさんを見ていた。

「ケントくーん！　残りの一体は任せたからねぇ」

カイラさんはそう言うと、その細腕のどこにそんな力があるのか、倒れている二頭のトムイラーンを軽々と持ち上げ、その場から離れていく。

『ピギャーッ！』

カイラさんが離れていき、代わりに僕が走って近付いていくと、それに気付いたトムイラーンは、僕なら大丈夫だろうと翼を広げて威嚇してくる。

僕は走りながら『傀儡師』のアプリを開いて『オートモード』を使う。

ちなみに、今回は『使役獣』は使わないことにした。ハーネとライの力を借りずにどこまで戦えるのか、興味が出たんだよね。

僕の体は走りながら、腕輪から魔法薬を取り出す。どうやら翼を持つ魔獣専用の、空へ飛べないようにする魔法薬のようだ。

そしてズザザッと地面を鳴らしながら立ち止まり、腕を振り上げ——瓶を投げつける。

『ギャッ⁉』

投げた瓶はちょうどトムイラーンの眉間に当たり、割れやすい容器から流れた魔法薬がかかる。

次に僕の体は腰に手を伸ばし、スラリと剣を引き抜いた。

ケルヴィンさんからもらった剣を右手に持ち、また走り出す。

変な液体をかけられ怒り心頭といった様子のトムイラーンは、翼を何度も動かし、僕に向けて鋭く尖った羽を何十本も飛ばしてきた。

それを剣で難なく防ぐと、倒したトムイラーンの羽をブッチブチと毟《むし》りながら僕のことを見ていたカイラさんが「ケント君、やるぅ！」と声を上げた。

そんな声を聞きつつ、攻撃がやんだ一瞬の隙に、僕の体は反撃をするために動き出す。

一気に懐に入り込んだ僕を警戒して、トムイラーンは翼を使って上空へ飛び立とうとするも――魔法薬をかけられたために翼をバタつかせるだけで、飛び上がれない。

飛びたくても飛べないトムイラーンの前脚へ、僕は腕を振り上げて斬り付ける。

トムイラーンは悲鳴を上げながらも、斬られた脚をそのまま僕に向けて振り下ろすが、それを僕はバックステップをしながら難なく躱した。

もし以前までの短剣で戦っていたら、リーチがない分、今よりももっと魔獣に近付いて剣を振るわなければならなかっただろう。今の攻撃だって、こうも簡単に躱せなかったんじゃないかな。

ケルヴィンさん、ありがとうございます！　と思っている間にも僕の体は動き続け、気付けばトムイラーンは脚を傷だらけにして、立っているのもやっとの状態になっていた。

それでも危険度の高い魔獣なだけあって、まだまだ倒せないようだ。

剣を握り直し、改めて攻撃へ動こうとしたその時――トムイラーンが野太い声を上げる。

「っ⁉」

トムイラーンは、思わず立ち止まった僕を充血した目で睨み付けながら、翼を大きく広げる。おそらくさっき見た、硬化した羽を飛ばす攻撃だろう。

しかし間の悪いことに、魔力切れで『オートモード』が終了してしまった。

『オートモード』どころか、僕の人生が終了しそうなんですがっ⁉

あわわわ……それはさすがにこれは、自力では防げないと思うんですけど⁉

心の中で叫んでいると――

僕の顔のすぐ近くを、ヒュンッと音を立てて、カオツさんの剣が飛んでいくのが見えた。

それはトムイラーンの急所へと直撃すると、吸い込まれるように沈んでいく。

「あ……」

僕がまばたきをしている間に、トムイラーンの巨体がドスンッと音を立てて地面へと倒れた。

しかもよく見れば、倒れた体にはカオツさんが放った剣の他に、カイラさんの剣も刺さっていた。

どうやら、窮地に陥った僕をカオツさんとカイラさんが助けてくれたらしい。

力が抜けてドサリと地面に座り込むと、近くに来たカイラさんに背中をバシバシと叩かれた。

「すごいじゃない、ケント君！　まさかトムイラーンをここまで追い込むとは思ってなかったよ」

「いて、いててて！　カイラさん、痛いです！」

褒めてくれるのは嬉しいが、あの巨体を軽々と持ち上げる力があるカイラさんに叩かれると、きっと軽く叩いているつもりなんだろうけど、かなり痛い。

「ケント、あの魔獣とあんなに戦えるなんてすごいじゃない！　成長したわね！」

僕の戦いを見ていたらしいグレイシスさんも、僕の側まで近付いてきてそう言ってくれた。

僕の成長と言うよりタブレットの成長なんだけど、ここは素直に喜んでおこう。

それから倒したトムイラーンから素材となる部分を採取して、グレイシスさんが専用の袋に入れていく。そして僕達はまたすぐに、素材の元となる魔獣や魔草が生息していそうな場所へと移動することになった。

これ以降、かなりの頻度で魔獣・魔草狩りに駆り出されることになったのは、言うまでもない。


それから数日は、順調に依頼の素材を手に入れることが出来ていたんだけど、あと一つだけが中々手に入れることが出来ないでいた。

それはなぜかと言うと、天候が関係している。

雨が降り続いていて、なかなか動くことが出来ないでいたのと、最後の素材は月の光を受けて開花する特殊な花であったからだ。

咲いている場所は分かっていたけど、開花しなければ意味がないので、僕達は洞窟のような穴の中で二日ほど足止めをくらっていたのである。

「もう少ししたら雨もやむと思う」

洞窟の入り口近くで空を見上げていたカイラさんがそう言いながら、食後に洞窟の奥で休んでいた僕達の元へ戻ってきた。

雨さえ上がれば魔草が咲いている場所に行けるから、それで採取したら依頼終了だ！

早く晴れないかな～と思っていると、隣に座っていたグレイシスさんが急に胸を押さえて苦しみだした。

「え、グレイシスさん!?」

僕の驚きの声に、カイラさんとカオツさんも近付いてきた。

「え、どうしたの？」

「それが、急に苦しみだして……」

「ちょっと見せて」

カイラさんが様子を見ようと近付くが、グレイシスさんは「やめてっ！　大丈夫だから」と体を丸めるようにして拒否する。

「でも、どこか痛むんでしょう？」

「大丈夫だから、放っておいて。魔法薬を飲めば、収まると思うから……」

自分の腕輪の中から、魔法薬が入った瓶を取り出したグレイシスさんは、蓋を開けて中身を飲もうとして——痛みが再発したのか、瓶を落としてしまう。

瓶から零れた魔法薬が地面にしみ込み、僕が慌てて拾った時には、中身は全てなくなっていた。

「……ぁ、最後の……」

どうやら、この魔法薬は他に持って来ていなかったらしい。

呻き声を上げたグレイシスさんが、額を押さえながら「なんで」と呟く。

「あの時……フェリスに、治してもらった……ばかりなのに」

その言葉を聞いて、僕は以前、家でグレイシスさんが倒れていた時のことを思い出した。

グレイシスさんはその時のことを言っているのだろうか。

ふと気になって汗で額に張り付く髪をそっとよけると、皮膚が盛り上がっていた。

「……これは」

グレイシスさんを見たカオツさんが息を呑む。

その反応を受けたグレイシスさんが顔を腕で覆うようにすると、カイラさんも心配そうに声をかける。

「グレイシスさん、このままここにいるより、一度町に戻った方がいいんじゃ」

そう言ってグレイシスさんの腕に触れようとして——

「馬鹿っ、今こいつに触んな！」

カオツさんが叫びながらカイラさんの腕を引っ張った瞬間、グレイシスさんの体から濃い紫色の稲妻が迸《ほとばし》った。

「ビックリした……何これ」

「無理に抑え込んでいた魔力が零れたんだろ。普通の人間のお前が触ったらヤベーやつだな」

なんてことないように話すカオツさんに、カイラさんは何か言いたそうにしていたが、結局何も言わずに口を閉じた。

カオツさんは洞窟の入り口を見て、外の雨がいつの間にかあがっていることを確認すると、カイラさんに目を向ける。

「なぁ、あんた一人で残りの依頼の素材を採りに行ってくれないか。晴れてるみたいだし、もう開花してるだろう」

「はぁ!?　私一人で？」

「俺はこいつの魔力を鎮《しず》める方法を知ってるからな」

「……じゃあ、ケント君は？」

「こいつには、この魔力暴走を鎮めた後に飲ませる魔法薬を作らせるからな。残ってもらわなきゃ困る。それに、こいつにはエルフの匂いがする強力な守護魔法がかかっているようだし、ちょっとやそっとのことでは傷一つ付かねーよ」

「……はぁ。しょうがないな～」

カイラさんは溜息を吐くと、「それじゃあ行ってくるわ」と立ち上がる。

そんな彼女に、僕は慌てて声をかけた。

「あ、待ってくださいカイラさん！　護衛と、何かあった時の移動にハーネを連れていってください」

「ハーネちゃんを？」

カイラさんがカオツさんと同じくらい強いことは、この数日で知っている。

でも、もしものことが起きる可能性はゼロじゃないからね。

何かあった場合、ハーネが空を飛んで運んでくれるだろう。

「分かった。じゃあハーネちゃん、一緒にいこっか？」

《は～い。あるじ、いってきまーす！》

こうして、カイラさんとハーネは、僕達とは別行動になった。

ライには洞窟の入り口で見張りを頼み、それから僕とカオツさんは苦しんでいるグレイシスさんに視線を向けた。

グレイシスさんの体から迸る稲妻みたいなものが、酷くなってきている。

「カオツさん、どうしたら……」

「あいつ、たぶん本来の姿をなんらかの方法で小さい頃から無理やり抑え込んできたんだろうな。だから、成長した今になって抑えたものが零れだす」

「じゃあ、どうすればいいんですか？　何か方法があるんですか？」

「まぁ……あるっちゃあるな」

カオツさんはグレイシスさんの目の前で膝をつき、涙で濡れる頬に両手でそっと触れる。

「おい、聞こえてるか？　このままの状態では、お前の体が保《も》たない」

「……だって」

「当たり前だろ？　正反対の種族の力で本来の姿を抑え込んでいるんだ、無理がある」

「でも……」

「死にたくなきゃ、いったん元の姿に戻れ。手助けしてやっから」

カオツさんは「離して、やめて！」と叫んで暴れるグレイシスさんの体を強引に抱きしめると、彼女の額に自分の額をくっつけた。

するとどういうわけか次第にグレイシスさんの体が発する稲妻が収束していく。

何をしたのか分からないけど、カオツさんが落ち着かせてくれていることだけは分かった。

今まで暴れていたのが嘘のように大人しくなったグレイシスさんは、カオツさんの胸にもたれかかるようにして、力が抜けているようだった。

「ほら、俺が誘導するから、ゆっくり自分の中の魔力を体全体に流してみろ」

カオツさんの優しい声を聞いたグレイシスさんが、目を閉じる。

すると、すぐにグレイシスさんに変化が起こった。

背中のローブがもぞもぞと動いたと思ったら、バサッ、と腰の辺りから蝙蝠《こうもり》のような翼が生えたのだ。

次に、痛がっていたこめかみ部分が盛り上がり――ヤギのような黒くて艶のある角が、後ろに向かって伸びていく。

うわぁ……と口を開けて無意識に声に出したら、目を閉じていたグレイシスさんが瞼《まぶた》を開けて、僕を見る。

グレイシスさんの瞳は……金色に変わり、瞳孔《どうこう》は猫のように縦長になっていたのだった。

グレイシスの秘密

私、グレイシスはいつも一人だった。

小さな頃は母と一緒に、村から離れた場所にある壊れかけた家に住んでいた。

女手一つで子供を育てていた母に、田舎の小さな村人達が向ける視線は厳しいものだった。

それでも、母がいた時はまだよかった。二人でいれば寂しくなかったから。

でも、無理をしながら働いた結果、母は健康を害し、呆気なく亡くなってしまう。

たった一人ぼっちになってしまった私が、冷たい態度を取る村人達相手でも、少しでもいいから近付きたいと思うのはしょうがなかったのかもしれない。

でも、私の本当の姿を目にした村人達の反応は恐ろしいものだった。

幼いためにまだ小さい角や、腰辺りから生えている翼を見て「悪魔」と、「化け物」と罵《ののし》り、私を見れば石を投げつけてくるのだ。

『いい？　グレイシス。絶対に人前でフードを取ってはいけませんよ？』

この時になって初めて、母がそう言っていた理由を理解した。

たぶん、他種族との交流があるような大きな国や都市であれば、ここまで酷い扱いは受けなかったのかもしれない。

ただ私がいたのが、人間だけしかいない小さな小さな村で、他の村との交流すらもなかなかないような閉鎖的なところだったのも悪かった。

村から爪弾《つまはじ》きにされた小さな子供が、一人で生きていくなんて容易なことじゃない。

母が亡くなってから数ヵ月は、野草を食べ、人に出会わないように怯えながら川の近くで水を飲むような生活を続けていた。

春や夏の間は暖かかったので良かった。森に入れば食べられるものがあったから。

でも、秋になって雪が降り出した頃には、食料となっていた野草も枯《か》れてなくなってしまう。

お腹を空かせ、森の中で一人倒れていた私は「あぁ、ここで死ぬんだな」と思った。

どうして私はこんな姿で生まれてきたんだろう。母は普通の人間なのに。

結婚してすぐに怪我で亡くなった父親が、私と似た姿を持っていたと聞いたことがある。

どうして、母は村人が言うような『化け物』と結婚したんだろう？

薄れゆく意識の中、そう思っていると――

「あれ？　こんな辺鄙《へんぴ》なところに魔族の子供が倒れてる」

頭上から、一人の女性の声が聞こえた。

その人はエルフ族の女性で、とても綺麗だった。私とは全く違う。

また嫌な言葉を投げつけられ、痛い思いをするんだ。私がそう思って丸くなって震えていると、事情を察したらしい女性は溜息を吐いた。

そして……

「帰る場所がないなら、私と一緒に来ない？　絶対、これからは楽しい人生を送れるって、約束してあげるからさ」

どうして私にそんなことを言ってくれるのかは分からなかったけど、しゃがんで私に目線を合わせながら、優しく差し伸べてくれた女性の手を取った。

それが、後に暁のリーダーにもなるフェリスとの出会いだった。

フェリスは、まず旅に出る前に、エルフ族が独自に使う魔法で私の姿を変えてくれた。

人間の姿になって、もう隠さなくてもいいんだと、感動したことを、今でも鮮明に覚えている。

それから、フェリスは生きるために必要なことをいろいろと教えてくれた。

戦闘に関しては全くセンスがなかったから諦めたけど、魔法はそこそこいけた。

そして、そんな私にも、一つだけフェリスよりも優れたものが出来た。

それは『魔法薬の調合』だ。

命の恩人で、姉のように慕っているフェリスに、何か恩返しがしたくて……少しでも役に立てたらと思って、調合する技術を磨いたのだ。

だから数年後、フェリスに魔法薬師として役に立っている、ありがとうと感謝された時は、泣きたいくらい嬉しかった。

そうして過ごしていたある時、一人の魔族の女性と偶然出会った。

たった一度きりだったけど、その女性は同族の私が苦労していることに同情して、ある種を分けてくれた。

その稀少な種は、今では広い範囲で綺麗な花を咲かせ、変身魔法や変身薬の多用に伴って生じる副作用の痛みを取り除く魔法薬の材料となっている。

同族とはそれ以来会っていないけど、『私』を『私』でいられるようにしてくれたあの人には感謝の気持ちしかない。

それから、時が経ち――フェリスは私と似たり寄ったりな隠し事を持つラグラーとケルヴィン、それにクルゥを拾ってきた。

問題児だらけの暁を、フェリスはなんだかんだ言いながら強引にまとめ上げ、そんな彼女に文句を言いながらも、私達はそれなりに仲良くやってきていたと思う。

だけど……フェリスがまた一人の少年を連れてきたことによって、暁はいい意味で生まれ変わったんじゃないかかな。

ケントが来てから、食事があんなに美味しいものだと知った。皆がケントに美味しい料理を作って欲しくて、魔獣を捕獲するのに協力するようになった。

俯いて部屋の隅で本しか読んでいなかったクルゥなんて、今では外でケントと一緒に剣を振り回し、明るく笑うようになったのだ。

フェリス以外にも……大切な『仲間』が出来たのだ。

そんな彼らを失いたくない。

でも、以前からフェリスに言われていたように、魔法で本来の姿を抑えるのも限界を迎えつつあった。

魔法や魔法薬を使い過ぎて、使うたびに全身に軋むような痛みが走り、魔法の効きも弱まってきているのだ。

つい最近、フェリスに魔法をかけ直してもらったばかりなのに、もう効果がなくなりそうになっている。

カオツという男が、本来の姿に戻れと言うけど……そんなの受け入れられない。

だって、私の本当の姿を見たら、ケントがどんな反応をするのか、分かりきっているから。

ケントが……仲間が、怯えた目で私を見て、悪魔だと、化け物だと言ったら、今度こそ私は耐えられない。

心は拒絶しているのに、私を抱きしめる男から流れてくる優しい魔力を、私の魔族としての血が無意識に受け入れて――

「うわぁ……」

ケントの声が聞こえてきて、ハッと目を見開く。

恐る恐る顔を上げれば、魔族としての私の本当の姿を見たケントが、目を見開いていた。

◇◇◇

「いやあぁぁ――」

グレイシスさんが悲鳴を上げかけたが、僕、ケントはそんなことも気にせず大興奮していた。

「うわぁぁぁっ⁉　すっご！　角がカッコイイ！　え、えっ、グレイシスさんこれ本物ですか⁉」

「あぁぁ……へ？」

「獣人もいるなら、そりゃあ魔族もいるよね。うわぁ、初めて見た、ホントすごいな。似たようなものなら見たことあるんですが、やっぱり本物にはかなわないっていうのがよく分かりました」

前世での会社の後輩にコスプレイヤーがいたんだけど、当然ながらリアルさが段違いだ。

「……え、えぇ？」

「それにしても、角の形が本当にカッコイイ。グレイシスさん、触ってもいいですか？」

この世界に来て、初めてもふもふな獣人を見た時は、抱きついたりもふもふしたりしたい気持ちを封印していた。

だって、急に親しくない人に「触らせてください」って言われたらドン引きじゃない。変態の烙《らく》印《いん》を押されてしまうこと間違いなしだ。

魔法薬店のウサギ獣人のリジーさんだって、本当は抱きついてもふもふしたいよ。でも、仕事関係の人との人間関係を壊したくないから我慢した。

けれども、グレイシスさんは暁の『仲間』である。

ツヤッツヤな黒い角を触ってみたくて、口をポカンと開けているグレイシスさんの角に手を伸ばそうとしたら――

「おい、角に触ろうとするなって」

そう口を開いたカオツさんに頭を殴られた。痛いっ！

「何するんですか！」

「あぁ？　魔族にとって角は敏感な部分なんだよ。それに、角や翼、尻尾と言ったところは親兄弟か恋人にしか触らせないところだ。勝手に触んな変態」

「へ――」

「それに、女性の角を見て『カッコイイ』はないだろう。男相手に言うならまだ分かるが、女性に向けて言う言葉じゃねーな」

「うわ～、グレイシスさんごめんなさい！　悪気はなかったんです！」

僕が慌てて頭を下げると、グレイシスさんは首を傾げながら「私が怖くないの？」と聞いてきた。

怖い？　……グレイシスさんが？

「え？　なんでですか？」

キョトンとしながら真面目に聞けば、なぜかグレイシスさんが笑いだす。

「あはは、ごめんなさい……なんか、ホッとしちゃって。それに、ケントを見てたら今まで悩んでいたことがすごく馬鹿らしくなってきたわ」

「え、えぇ？　グレイシスさん？」

「はぁ……？」

どういうことか分からなかったんだけど、どうやらグレイシスさんが怒っていないと分かり、僕もホッとしたのだった。

しかしさすがにこの姿を戻ってきたカイラさんに見せたら驚くだろうと、グレイシスさんは見た目を変える魔法薬を飲んだ。

それで姿は戻ったんだけど……突然胸を押さえて苦しみ出した。

慌てて痛み止めを渡そうとしたものの、首を横に振られてしまう。

「この痛み止めは、特別なものじゃないとダメなの。ただ、それも一本しか持ってきてなくて……」

それをさっき落としてしまったのか。

ふと、僕はそこであることに気付いた。

「あ、もしかしてグレイシスさん、その魔法薬の素材って……この前一緒に採取した粉ですか⁉」

「そうだけど……もしかして持っているの？」

「はい！」

「でも……調合する他の材料を持ってきてないのよ」

残念そうにそう呟くグレイシスさんに「ちょっと待っててくださいね」と声をかけ、僕は少し離れた場所に移動してタブレットを開く。

そして『魔法薬の調合』をタップし、検索欄で『白笛』の粉を使った魔法薬がないか調べた。

どうやら、今のレベルで僕が作れるのは三種類あるようだ。

効能を見たら、ちょうどグレイシスさんに必要そうな魔法薬が一つあり、さっそく調合してみることにした。

調合に足りない材料は、『ショッピング』で購入しておく。

「『調合《コンパウンディング》』！」

空の瓶と材料を地面に並べて唱えると、魔法薬が出来上がった。

……うん、効果も問題なさそうだ！

確認を終えた僕は、グレイシスさん達のところへ戻る。

「グレイシスさん、あの花粉を使った魔法薬を作ってみました！」

「え？　ケントが作ったの？」

驚いた顔をしたグレイシスさんであったが、体中の痛みが酷くなってきたらしく、僕が作ったものを飲むと言ってくれた。

ただ、今回も手が震えて瓶を落とすと困るので、グレイシスさんを支えていたカオツさんが瓶を持って飲ませてあげる。

まぁ、グレイシスさんは嫌がったけど、ここはしょうがないので我慢してもらった。

「……はぁ、痛みが消えたわ」

魔法薬の効果はすぐに出た。

グレイシスさんはカオツさんから離れると、僕に向かって頭を下げる。

「ありがとう、ケント。あなたがいてくれて、本当に助かったわ」

そしてカオツさんにも、「ありがとう」と小さな声で言っていた。照れているのか、本当に小さな声だ。

そんなグレイシスさんに、カオツさんは「べつに」とぶっきらぼうに肩を竦めていたけど……ふふ……なんかお互い可愛い反応ですね？

二人を見て一人でニマニマしていると、グレイシスさんが「そう言えばカイラさんはどこにいるの？」と辺りを見回す。

「あ、カイラさんなら、外が晴れたので最後の素材を取りに行きましたよ？」

「えぇっ、もしかしてカイラさん一人で行っちゃったの⁉」

焦った表情をするグレイシスさんに、僕とカオツさんがいぶかしげな表情をする。

いったいどうしたんだろう？

「あいつは――カイラはAランク冒険者の中でもかなりの実力者だ。一人で行っても、滅多なことでは心配するような事態にはならないと思うぞ？」

カオツさんはそう言うが、グレイシスさんは首を横に振る。

「べつにカイラさんの実力を疑っているんじゃないの。でもあの魔草はちょっと特殊で……ちゃんとした手順で摘まないと、周囲に強力な幻覚と麻痺の状態異常を引き起こす分泌物《ぶんぴつぶつ》をまき散らすのよ。そして動けなくなった人間や動物などを捕食するっていう、見た目は可憐なのに超肉食な魔草なの！」

「…………」

「…………」

「…………」

一瞬皆で顔を見合わせてから、慌てて洞窟の入り口まで走った。

「ライ、緊急事態！　大きくなってハーネの元まで僕達を運んで！」

《わかった！》

魔法薬を飲ませ、体が大きくなったライの体に鞍を付けて三人で乗り込んだ。

ハーネとカイラさんの救出

僕は鞍の上の先頭に乗り、『危険察知注意報』の画面を出してハーネがどこにいるか探す。

運のいいことに、画面に表示される範囲にはいるみたいですぐに見付けることが出来たんだけど、この場から少し離れていた。

ライにハーネがいる場所を伝えれば《さいそくでいくよ！》と、本当に今までの中で一番の速さで駆け出してくれた。

グレイシスさんがけっこう怖がってて、僕もこのスピードはさすがに怖かった。

カオツさんは、そんな僕達をまとめて抱きかかえるようにしながら、僕と一緒に綱を握りしめ、振り落とされないようにしっかりと鐙《あぶみ》に足を入れてライの腹を挟む。

走り出して十分もしないうちに、ハーネとカイラさんがいる場所へと辿り着くことが出来た。

地面に降りてライに元の大きさに戻る魔法薬を飲ませてから、グレイシスさんとカオツさんが見ている方へ僕も視線を向けると——

狙っている最後の素材である、チューリップに似た形の大きな魔草——『リプチュ』に、ハーネとカイラさんの体半分がモグモグと食べられていた。

ぎゃーっ!?　ハーネが食われてるぅー！

ハーネを助けようと走りだそうとした僕の腕を、グレイシスさんが掴んで止める。

「待ちなさいケント！」

「ハーネが……カイラさんが、食べられちゃってるんですよ!?」

「まだ食べられてないから大丈夫」

え、体の半分が花の中に入っているし、もぐもぐ花弁が動いているのに……？

「完全に取り込まれていたら最悪だったけど、あれはまだ自分の体の中に取り込もうと動いているだけだから、大丈夫よ」

「でも……」

「それに、ああやって取り込まれかけてるってことは、あの魔草の周辺には強力な幻覚作用を引き起こす分泌物がまだ漂っているはずだから、不用心に近付く方がむしろ危険よ」

「じゃあ、どうやって助けるんですか？」

僕が涙目になりながらそう聞けば、「ふふ、ケント……私を誰だと思っているの？」と、手を胸に当てながらグレイシスさんが不敵に笑う。

うおぉぉ！　なんかいつもよりカッコいいです、グレイシスさん！

グレイシスさんはスッと腕を上げると、リプチュへ向けて手のひらを突き出す。

すると、リプチュの頭上に丸い光が出現した。そしてグレイシスさんが指をパチンッと鳴らすと、その光からリプチュに向けて真っ赤な火の粉が降り注ぐ。

火の粉に触れた部分が焼け、もがき苦しむリプチュ。

でもその火の粉は、カイラさんやハーネに触れる寸前に消えている。

「そろそろ熱さに耐えかねて口を開ける頃ね――ねぇあなた、風魔法は使える？」

グレイシスさんが問いかけたのは、近くに控えるカオツさんだった。

「あ？　……まぁ使えるが」

「それなら、リプチュがあの二人を吐き出すと同時に、周辺に漂っている分泌物を風魔法で散らしてもらえるかしら」

「……分かった」

カオツさんが頷いたのを見たグレイシスさんが、火の粉の量を増やす。

すると、ブルブルと震えていたリプチュが、ついに耐えきれなくなってハーネとカイラさんを吐き出し、火の粉が降ってこない方へ上体をくねらせた。

「――今よっ！」

グレイシスさんの号令と共にカオツさんが風の魔法を放つ。

風がリプチュの周りを通り過ぎると同時に、カオツさんが僕の背中を叩き、「おい、あいつらを助けに行くぞ！」と走り出す。

慌てながら付いて行った僕は、地面に倒れているカイラさんをしゃがんで抱きあげているカオツさんの横で、グッタリしているハーネをそっと懐に抱き込む。

二人を連れてグレイシスさんの元へ戻ってきた頃には、大きなリプチュは枯れたように地面に倒れていた。

あの後すぐにグレイシスさんが倒したみたいだ。

「ちょっと解毒の魔法薬を作るから待ってて」

グレイシスさんはそう言うと腕輪の中から必要な材料を取り出して、速攻で魔法薬を調合してしまう。

僕がタブレットを使って調合するより断然早い。さすが師匠！

出来立てほやほやな魔法薬をハーネに飲ませてあげようと、魔法薬を受け取ったところで、ふと気付く。

あれ？　なんかハーネさん、目を閉じて……笑ってないですか？

不思議に思ってカイラさんの方を見れば、スヤァ……と寝ている。なんか嬉しそうな顔だ。

そんな僕の反応を見たグレイシスさんが教えてくれる。

「リプチュは別名『幸せ草』とも言われていて、相手を動けなくさせてから、その人が幸せだと思える幻覚を見せるのよ。そうして、幸せな幻覚を見ている間にパクッと食べられるってわけ」

「……けっこう怖い魔草ですね」

「そうなのよ。知識もなく適当に摘もうとすれば、気付いたらリプチュの腹の中……ってね」

そうならなくて良かったとブルリと肩を震わせてから、僕はハーネに魔法薬を飲ませた。

「……んっ、ここは？」

カオツさんに魔法薬を飲まされて状態異常が解けたカイラさんは、目を開けるとしばらくボーっとした表情で周囲を見回していた。

ハーネは目を開けた瞬間から元気いっぱいだったけど。

きょろきょろと周囲を見回していたカイラさんはグレイシスさんに視線を留めると――ハッと気

付いたように立ち上がる。

「グレイシスさん、体調は良くなったの⁉」

「え、えぇ……心配かけちゃったけど、もう大丈夫よ」

「そう、よかった――って、ん？　なんで皆がここにいるの？」

首を傾げているカイラさんであったが、カオツさんが今までの状況を説明するとガックリと肩を落としていた。

「……ご迷惑をおかけしました。ごめんなさい」

「私も、最初から説明していればよかったわ」

謝るカイラさんに、グレイシスさんが慌てて首を横に振る。

グレイシスさんが言うには、どうやらこの魔草、なかなかレアな存在らしく、専門の業者かグレイシスさんレベルの魔法薬師でなければ、取り扱い方を知らないんだとか。

それで今回の依頼は、魔草の知識が豊富なグレイシスさんに依頼がきたそうだ。

グレイシスさんはそこまで説明してからしょんぼりとした。

「……それに、私が原因でカイラさんが行くことになったんだし、謝るのは私の方だわ」

「ううん、それこそ気にしないで。冒険者として当たり前のことをしただけだから」

二人がそう話し合っていると、カオツさんが口を開く。

「なぁ、そろそろ素材を採取したいんだが……あいつ枯れちまったけど、どうすんだ？　別の場所で咲いているやつを探すか？」

狩れたリプチュを親指で指しながらのカオツさんの言葉に、グレイシスさんは首を緩く振ると、あれでも大丈夫だと笑う。

「魔法薬の素材となるリプチュの部位は、花や茎部分じゃなくて『根』なの。ちなみに、絶対素手で触っちゃダメ」

グレイシスさんは腕輪の中からリプチュの採取専用だという手袋を取り出して嵌めると、茎を掴んで根っこごと一気に引き抜いた。

「私は花そのものを採取しようとしてたし……その時点で間違ってたわけね」

手袋を嵌めた手で根をポキポキ折って採取するグレイシスさんを見て、カイラさんは苦笑する。

それから全ての素材を手に入れたんだけど、色々あって疲れたので、僕達は洞窟で一夜を過ごすことにしたのだった。


翌日——

「う～んっ、いい天気ね！」

《きもちいー！》

《あさだー！》

洞窟から出たカイラさんが、腕を伸ばして胸いっぱいに新鮮な空気を吸い込んでいた。

それを見たハーネとライも真似をしている。

朝食を食べ終えた僕達は、これから表層階へと続く扉へと向かうことになっている。

必要な素材は揃えたし、欲しいモノも手に入れたので帰るだけだ。

あとはもう帰るだけなので、魔法薬で体を大きくしたハーネに乗って、空を一気に突き抜けて扉まで移動することになった。その方が、魔獣とかと遭遇することもないからね。

ちなみに、やっぱりここからだと帰還の魔法陣が使えないため、扉を使うことになっていた。

《とびま～す！》

僕達を乗せたハーネが翼を広げ、一気に上昇する。

前に乗ってみたいと言うカイラさんにのために先頭を譲り、その後ろに僕、グレイシスさんにカオツさんの順番だ。ライは僕の膝の上に乗っている。

カイラさんは空の旅を存分に楽しんでおられたが、グレイシスさんはギュッと目を閉じて僕に抱き着いていた。すごく怖いんだろうね……。

《とうちゃーく！》

その細腕にどれだけの力が込められているのか、僕の腰が砕けるかと思うくらい力強かった。

空の旅は十五分くらいで終了した。

地面に足を着けた時、グレイシスさんと僕はほっと息を吐き出していた。

「さぁ、それじゃあ行きましょ」

扉を通れば、僕達は来た時と同じ巨大な木の前に立っていた。

「ここからは、帰還の魔法陣であの部屋まで一気に帰るぞ」

カオツさんが懐から、ここに来た時と同じ紙を取り出した。

僕達が近くに寄ったのを確認すると、紙が破かれる。そして——

「はぁ、戻ってきたな」

僕達はベッドしか置かれていない部屋に立っていた。

いつまでもここにいるわけにもいかないので、部屋を出る。

階下にいる店主さんにカオツさんが謝礼金を払っている間、僕達は店主さんが呼んでくれた馬車に乗り込むことになった。

ただ、そこでカイラさんが「ケントく〜ん！　私と一緒に座りましょ♪」と言ったものだから、断る理由がなく隣同士に座ったんだけど……

「おい、なんでそうなるんだよ」

馬車に乗り込んだカオツさんが、隣同士で座る僕とカイラさんを見てゲンナリした顔をする。

「いいでしょ～、別に。弟みたいに可愛いケント君と一緒に座りたかったの。それに、依頼が終わったらなかなか会えないんだから」

そう言うカイラさんに、「分かったよ」とカオツさんは手を振ると、グレイシスさんの隣にドカリと座る。

あ、これ絶対この二人を一緒に座らせたかったんだな……

カイラさんを見たら、ニマニマしていたのでたぶん間違いないだろう。

そんな馬車での移動中、カイラさんとグレイシスさんの二人がずっと女子トークをしていて、カオツさんは腕を組んで目を閉じていた。

僕は外の景色をボーっと眺めていたんだけど、ふと気付けば、車内が静かになっていた。

どうやら皆、疲れて寝ているようだ。

前を見れば、グレイシスさんとカオツさんが頭をくっつけ合って仲良く眠っていた。

クスッと笑いながら、僕はそっとタブレットを開いてアプリを起動させる。

そのまま『覗き見』でカオツさんを選択して、『未来視』をタップする。

「……ふふ」

未来のカオツさんは、楽しそうに笑ったり照れたりしていて……見ている僕も一緒になって微笑んでしまうような、そんな表情をしていた。

しかも、カオツさんの未来にはグレイシスさんが登場していたんだよね。

本当の姿で、カオツさんと一緒に手を繋ぎながら町中を歩く姿を見て、僕はなぜか自分のことのように嬉しくて、笑ってしまう。

カオツさんがグレイシスさんの額に優しく口付けして、お互い笑い合う姿を見た次の瞬間——パッと次の光景に切り替わる。

そこには、どんよりした表情で立ち並ぶ僕とクルゥ君、それにデレル君がいた。

え？　カオツさんの未来に……なんでクルゥ君とデレル君が登場するんだろう？

頭の中にクエスチョンマークが飛び交っている間に、『覗き見』が終わってしまった。

続きが気になったので見ようと思ったんだけど、ガタンッと揺れた馬車に皆が起きてしまった。

そしてそのままお喋りが始まったので、アプリを使うタイミングがなくなってしまったのだった。

「——あっという間ね～。町に入ったことだし、依頼主のところまでもうすぐね」

グレイシスさんの言葉に外を見れば、確かに町に入っていた。

時間が経つのは本当に早い。

先ほど見た光景は何だったんだろうと疑問に思うも、降りる準備などをしているうちに、すっかり頭の中から消えてしまった。

しかし、この『未来』が、そう遠くないうちに現実になるとは、その時の僕は知る由《よし》もなかった。

ルガブリアさんとヨルトーグさんが待っているであろう魔法薬店に足を運ぶと、さっそくグレイシスさんが依頼品を渡す。

その場ですぐに鑑定をした後、ルガブリアさんは僕達に報酬を渡してくれたんだけど、思った以上の金額で、僕はホクホク顔になった。

店を出れば、カオツさんもカイラさんも用事があるらしく、その場ですぐに解散になった。

「グレイシスさん、ケント君、それじゃあまたね！」

それだけ言って、手を振りながら町中へと消えていくカイラさんを、僕達も手を振って見送る。

サッパリとした性格の、カイラさんらしい別れ方だった。

そしてカオツさんも「……じゃあな」と一言だけ残して、僕達が何か言う前に人混みの中に消えてしまった。

暁に帰るために一緒に町中を歩きながら、ふとグレイシスさんに聞いてみる。

「カオツさんと連絡先交換しましたか!?」

「え、なんで？」

しかし不思議そうな顔で聞き返されてしまった。

あれ？　お二人いい雰囲気になってましたよね……？

『未来視』で見た感じは付き合っているようだったけど、まだまだ先のことなのかな？

あれ〜？　と首を傾げている間に、僕達は家に到着していたのだった。

新メンバーが加わりました

依頼を終えて暁に帰ってきた翌日、グレイシスさんが自分の本当の姿を皆に見せると言ったため、グレイシスさんが魔族だと知っている僕とフェリスさんは、最初は驚いた。

「——グレイシスが大丈夫なら、良いと思うよ」

「そうですね、僕もそう思います」

だけど、フェリスさんはすぐに賛成し、もちろん、僕も反対する理由がないので頷いた。

それからすぐに居間に全員が集まって、その前にグレイシスさんが立つ。

「グレイシス、俺達を集めて何か知らせたいって？」

ラグラーさんが何も言わずに固まっているグレイシスさんに、声をかける。

クルゥ君もケルヴィンさんも、不思議そうな顔をしていた。

「……実は、皆に私の『本当の姿』を見て欲しいの」

クルゥ君、ラグラーさん、ケルヴィンさんが怪訝そうな表情を浮かべる。

グレイシスさんが覚悟を決めた表情になると、フェリスさんが彼女にかけた変化を解いた。

皆の反応はどうなのかと固唾を呑んでいると……

「あ？　グレイシス、お前魔族だったの？」

ラグラーさんは、耳の穴に指を入れてホジホジしながら、『へぇ、そうだったんだ〜』というような軽い感じでグレイシスさんを見ていた。

ケルヴィンさんを見てもほとんど同じような感じで、「なんだ、もっとすごいことでもあるかとビックリしたじゃないか」と言っていた。

グレイシスさんにとって、その反応は予想外だったのだろう、納得いかないとばかりに皆に向かって吼えた。

「なによ、なんなのよ！　私、魔族なのよ⁉　皆とこんなに姿が違うのに、気持ち悪くないわけ⁉」

まるで悲鳴のようにそう叫ぶグレイシスさんに、ラグラーさんが真剣な顔をした。

「グレイシス」

「な、なによ……」

あまり見ないラグラーさんの真剣な表情に、グレイシスさんがたじろぐ。

「いいか？　俺は巨大な帝国の第三皇子として生まれた」

「…………うん？」

「帝国は巨大で、いろんな人間や獣人、エルフ族など、多種多様な人種が住んでいる」

「……えぇ」

「はっきり言って、そのくらい可愛いもんだ。世の中にはもっとすげー見た目の奴がいるしな」

ラグラーさんの言葉に、ウンウンとケルヴィンさんが頷く。

しかし納得できないように、グレイシスさんは再び叫んだ。

「でも、魔族はいないじゃない！」

「ん？　いるぞ？」

まさかの『いる』という言葉に、グレイシスさんが固まった。

「俺の一番上の兄貴……まぁ、皇太子だな。その兄貴の側近──近衛《このえ》隊長が魔族だ」

ラグラーさんの話によれば、その魔族の男性は普段はグレイシスさんみたいに、魔法で見た目は人間に似せているらしい。一度魔族としての本当の姿を見たことがあるけど、小さかったラグラーさんはその見た目がすごく怖くて、ちびってしまったんだって。

ケルヴィンさんも同時にその時の光景を思い出しているのか、「あれは今見ても怖いと思う」と頷いていた。

「だから、そんな魔族が普通に生活しているような国に住んでいた俺らにしたら、お前なんて可愛いもんだよ。なっ？」

「そうだな」

「……なんだか、今まで悩んできたのがバカみたい」

二人の言葉に、グレイシスさんは泣き笑いみたいな表情で呟いた。

そんな三人を見て安心した僕は、残りの一人——クルゥ君はどうなんだろうと視線を向けて……

「あはは、クルゥ君も大丈夫そうだね」

思わずそう零した。

だって、クルゥ君の目がキラキラ光ってて、初めてグレイシスさんの本当の姿を見た僕に似ていたんだもん。

「うわぁ、うわ〜！　角だ、翼だ！　ねぇねぇグレイシス、それ本物だよね？」

「……クルゥ」

「本で見て、ずっと気になっていた種族だったんだよ！　もぅ、なんでもっと早くその姿を見せてくれなかったのさ！」

ぷりぷりと怒るクルゥ君。

そしてクルゥ君は手を伸ばして角を触ろうとして——ラグラーさんにげんこつを食らっていた。

ラグラーさんから魔族の女性の角や翼はうんたらかんたら～と注意されていたが、僕がカオツさんに注意された内容と全く一緒である。仲間がいたよ。

自分を囲む皆が普段と変わらない対応をしてくれたと分かったグレイシスさんは、「は～……ホント、あんた達って変わってるわよね」と呟きながら、三人に抱きつく。

「でも、そんなあんた達が大好きっ！」

本当の姿を取り戻したグレイシスさんは、綺麗な笑顔で笑い続けたのだった。

そうして元の姿を皆に受け入れられたグレイシスさんだったけど……普段は魔族の姿ではなくて人間の姿で生活し続けている。

角や翼があると生活しづらいというのと、小さな頃から見慣れた姿の方がしっくりくるんだって。

でも、たまに元の姿に戻って魔力を流して整えないと副作用の痛みが出やすくなるそうで、今は週一ペースで戻っている。

魔力の流れを整える作業は、フェリスさんに手伝ってもらっているみたいだった。

それ以外は別になんの変化もなく、平和に過ごしていたんだけど……

ある日、そんな平和はフェリスさんによって崩された。

「み・ん・な～！　新しい仲間を連れてきたよ～♪」

突然聞こえてきたフェリスさんの言葉に驚いて、台所から居間に顔を出せば――そこには、なんとカオツさんがいた！

嫌そうな顔をしたカオツさんの肩を、フェリスさんはがっちり掴んで離さない。

「おいフェリス、お前買い物に行ったはずなのに、なんで男を連れてきてるんだよ」

「ケントの時もこんな流れだったな」

居間のソファに座っていたラグラーさんとケルヴィンさんの言葉に、確かに懐かしいなと思いながら、フェリスさんに聞いてみる。

「どうしてカオツさんが？」

「ケント君やグレイシスがいろいろとお世話になったって聞いてたから、リーダーとしていつかは挨拶しようと思っていたのよね。そしたら、さっき町で偶然会って～」

「あれは偶然じゃないだろう。絶対待ち構えていた！」

「それで～、町で会ったカオツ君と話していたら、今はどのパーティにも入っていない野良《のら》の冒険者だって言うし、よくよく見たらグレイシスと同じ魔族の血が流れているんだもん。これはいろんなことを任せられると思って、暁に入らない？　って誘ったの」

「俺は断った！」

カオツさんの言葉を無視して、話を続けるフェリスさん。

「そ、それでどうしたんですか？」

「負けたら諦めるから、私が腕相撲で勝ったらパーティ入って、って言ったら承諾してくれてね？」

フェリスさんの細い腕を見て楽勝だと思ったのだろう、カオツさんは受けて……ここにいるってことは負けたんだよね。

「あり得ないだろう！　なんだよあの怪力はっ⁉」

「ただの実力ですー。抜けたかったら私に勝ってからよ！」

フェリスさんの言葉にがっくりと項垂れるカオツさんであったが、フェリスさんや他の皆は「さっ、歓迎会をするわよ～」と言って酒が飲めると喜んでいた。

頭をガシガシと乱暴に掻きむしっていたカオツさんであったが、僕とクルゥ君が近くに寄っていったら疲れたように溜息を吐いていた。

「くっそー……おい、お前らのリーダーはなんでこんな強引なんだよ」

カオツさんの言葉に、クルゥ君と僕は顔を見合わせる。

「それはフェリスが暁で一番強いから」

「フェリスさん、けっこう独裁権を発動するよね」

なんてことを僕達が言い合っていると、カオツさんはさらにゲンナリした表情をしていた。

「それより、ボクはクルゥだよ！　よろしくね」

「あぁ？　あー……俺はカオツだ……って、ん？」

お互い自己紹介をしていると、カオツさんが眉間に皺を寄せてクルゥ君を見つめる。

厳密に言えば、クルゥ君の右肩にとまっているグリフィスを。

「……………」

『……………』

お互い数秒見詰め合っていたが、グリフィスが『ヂヂッ、ヂヂッ、ヂヂヂッ！』と普段聞かないような声で鳴きながら翼を大きく広げ、右の趾《あしゆび》でカオツさんを蹴るような動作をする。

そんなグリフィスを見たカオツさんが目を見開き、「あーっ!?」と叫んだ。

「ピヨのすけ、テメェがなんでこんなところにいやがる！」

カオツさんの言葉に、僕とクルゥ君は困惑する。

ピヨのすけ……って何？　てか、カオツさんとグリフィスは知り合いなの？

変な名前で呼ばれたグリフィスは、怒ったような声を出すとクルゥ君の肩から飛び上がり、カオツさんを嘴で突いている。

ギャーギャー騒ぐ二人を見ていると、とても仲が悪そうである。

クルゥ君がグリフィスを捕まえ、いったいどういうことなのと聞けば、グリフィスではなくちょっとボロボロになったカオツさんが教えてくれた。

なんでも、子供の頃に亡くなったカオツさんの友達が、魔獣を使役していたんだけど、その彼が、グリフィスの前のご主人様だったそうだ。

その話を聞いて、僕は『覗き見』で見たカオツさんの過去を思い出していた。

カオツさんと気弱そうな少年が魔獣に囲まれた時に映っていた鳥は、グリフィスだったのだ。

驚く僕をよそに、グリフィスとは当時から仲が悪かったことと、グリフィスの前の名前が『ピヨのすけ』だったのだということを教えてくれるカオツさん。

どうやら前のご主人様は名前を付けるセンスはあまりなかったらしく、『ピヨのすけ』でもけっこういい方だったらしい。

「グリフィス！　カオツさんは僕達の仲間になったんだ。仲良くしなきゃだめだからねっ！」

『ピョ～』

クルゥ君が怒ったような顔でそう言うと、グリフィスはめちゃくちゃ嫌そうな顔をしながらも返事をしていた。

「それじゃあ、僕達は夕食の準備をしてきますね。カオツさんはゆっくり休んでてください」

僕とクルゥ君がその場を離れる時、ふと視線を横に向けたら、グレイシスさんがカオツさんにゆっくり近付いていくのが見えた。

目が合い、しばらくお互い何も言わずに見つめ合っていたが、カオツさんが先に口を開いた。

「……まぁ、なんだ。これからよろしく頼む」

「ふふ、私はグレイシスよ。よろしくね」

もしかしたら、二人の仲は、今この瞬間から始まるのかもしれない。


カオツさんが暁に入って数日が経ったある日。

僕とクルゥ君はコソコソと家の中を足音を立てずに歩いていた。

周りに誰もいないか確認しつつ、裏口から外に出る。

外に出ても、油断してはならない。いつどこで『彼』に見つかるか分からないのだから。

壁づたいにソロリソロリと進みつつ、周囲を警戒する。

ひょこり、と顔を出し、玄関付近に誰もいないことを確認して——僕とクルゥ君は溜めていた息を吐き出した。

「は〜、誰もいなくてよかった」

「ホントだよね。家には誰もいないようだけど、出かけてるのかな？」

「ずっと出かけてて欲しいよ」

ホッとしながら、僕達は普通に歩き出す。

「ねぇねぇ、ケント。これからどこに行く？」

「町に行かない？　そろそろ新しい服を買おうかと思ってたんだよね」

「いいね！」

二人でどのお店に行こうかとキャッキャウフフと話し合いながら家の敷地を出た瞬間――

「へぇ？　楽しそうじゃん。俺達も一緒に混ぜてくれよ」

聞きなれた低い声に、僕とクルゥ君がビクゥッ！　と固まった。

錆《さ》びたブリキのようにギギギと音がしそうなくらいぎこちなく、声がした方へ顔を向ける。

するとそこには、塀に寄りかかりながら、イイ笑顔で僕達を見降ろすカオツさんがいた。

ここで僕達を待ち構えていたのか、気付かなかった……

「まだまだ駆け出しの冒険者のガキが、訓練をサボろうとしてんじゃねーよ。ほら、行くぞっ」

実はカオツさん、暁のメンバーになってから、僕達の面倒をよく見てくれるようになったのだ。

最初はそれなりに優しく教えてくれてはいたんだけど……物覚えが遅い僕達を指導し続けた結果、鬼教官その一とその二であるラグラーさんとケルヴィンさんよりも、かなり厳しい鬼教官その三に早変わりしてしまった。

「キビキビ歩け」

「うぅぅ…」

「は～い」

こうして今日も、カオツさんによる厳しい特訓が始まった。

――そんな日の夜のこと。

「う〜ん、美味しい！」

厳しい訓練を終えた後の食事は、格別に美味しいよね。

運動をした後は、何もしていない日の倍以上の食べ物が胃の中に消えていくように思える。

クルゥ君と二人で頬を大きく膨らませながら食べていると、食事をしながら何か考えごとをしていたカオツさんが「――なぁ」と口を開く。

「どうした？」

「……あんた達は気付かないのか？」

ラグラーさんの質問に、不思議そうな顔をしてカオツさんは聞き返していた。

「こいつが……ケントが作る料理や飲み物、その他にも修繕した服を着た時なんか、なんらかの効果が付いてないか？」

カオツさんの言葉を聞いて皆不思議そうな表情をしていたんだけど、一人だけ……僕だけが心の中で汗をダラダラ流す。

「いや、ずっとケントと一緒にいるあんた達は気付かないのかもしれないな……なんせ、龍の息吹で一緒にいた時も、こんな効果は気付かなかったしな」

一人で話して納得したように頷くカオツさんは、僕を見つめる。

「たぶん、まだあの時はこんなに効果が高くなかったはずだ。そうじゃなければ、俺や兄さんが気付いていたはず――あ？　待てよ、もしかして……兄さんは気付いて？　それにウェルネスもなんか反応が……」

拳を口に当て、何かを考えているカオツさんに、ケルヴィンさんが口を開く。

「たぶん、それはレア特殊能力ではないだろうか」

「レア特殊能力？」

「あぁ、そうだ。実はつい最近、レア特殊能力をケントが持っていると判明したんだ」

「えっ、そうなの⁉」

ケルヴィンさんの言葉にフェリスさんが驚いた反応を示す。

そういえば、ラグラーさんとケルヴィン以外に話してなかったな。

ケルヴィンさんはサラッと僕の『傀儡師』の能力を説明して、僕を見つめる。

「――それ以外にも、レア特殊能力を持っている『多重能力者』じゃないかと私は思うんだが」

新たな言葉が出てきましたが、簡潔にまとめると、二種類以上の能力を持った人物のことなんだって。

僕の場合、『人を自在に操れる』ことと『食事や衣服・武器や防具』に様々な効果を付与出来る』という能力なんじゃないかと話し合われた。

「ケント君、その人を操れる能力は……ここにいる全員にも使えるの？」

皆が話し合っている間、一言も口を開かなかったフェリスさんがそう聞いてくる。

「あ……いいえ。たぶん、フェリスさんとグレイシスさんは無理だと思います」

以前、皆がいる時に『傀儡師』のアプリを開いた時は、フェリスさんとグレイシスさんのお二人を操るにはレベルが足りないと出たんだよね。それはレベルを上げた今も変わらない。

二人とも、クルゥ君の『魔声』への耐性がかなり高いみたいだし、それも関係しているのかもしれない。

「ちゃんと制御は出来ているの？」

「それは大丈夫だと思うぞ？　俺らを操る時も、暴走とかはせずにしっかり自分が思う通りに動かしていたし。なっ、ケルヴィン」

「そうだな」

ラグラーさんとケルヴィンさんがそう言うと、フェリスさんは頷く。

「ケント君の能力は、少しクルゥと似ているのね——まぁ、『人を操れる能力』なんて他人が聞けば怖がるものだわ。面倒な人間に目を付けられる場合もあるから、あまり人前で使い過ぎないように気を付けてね」

「……はい、分かりました」

こうして、僕の能力についての話は終了したのであった。

食事も済んで家事も済ませた僕が、自分の部屋で固まった筋肉をほぐすようにベッドの上でストレッチをしていると、デレル君からもらった結晶が光っているのに気付いた。

手に取ってみると、結晶からポンッと音がして、一通の手紙がベッドの上に落ちた。

なんだろうと思いながら封を開ければ、そこには『今年度・最優秀魔法薬師と認められたケント・ヤマザキ氏を、妖精族の国へ招待する』といった内容が書かれていた。

差出人を見れば、デレル君——と言うよりも『魔法薬師協会会長』から直々の手紙だ。

「——妖精族の国への招待⁉」

いきなりの招待状に、僕は目を見開くのだった。

月が導く異世界道中
Tsukiga Michibiku Isekai Dochu
あずみ圭
Azumi Kei
1~16
8.5
TVアニメ化!
2021年7月7日放送開始!
TOKYO MX・MBS・BS日テレほか
CV 深澄 真:花江夏樹
巴:佐倉綾音 澪:鬼頭明里
監督:石平信司 アニメーション制作:C2C
レシート応募プレゼント
キャンペーン実施中!!
2021年6月4日~2021年9月30日まで
詳しくはこちら
薄幸系男子の成り上がりファンタジー、開幕!
なんてだろう親の都合で異世界へ
読者賞受賞作!
●各定価:1320円(10%税込)
●illustration:マツモトミツアキ
1~16巻好評発売中!!
とことん不運、されどチート!!
漫画:木野コトラ
●各定価:748円(10%税込)●B6判
コミックス1~9巻好評発売中!!

建築会社勤務で廃屋を解体していた男は、大量のゴミに押しつぶされ突然の死を迎える。そして死後の世界で女神様と巡り合い、アレクという名で、ファンタジー世界に転生することとなった。貴族の次男坊として生まれたアレクの職業は、魔法が重視される異世界では底辺と目される『解体屋』。当初は魔法が使えず実家からの追放まで決められてしまう彼だったが、『解体屋』はモンスターを倒し『解体』することで、自己の能力を強化できるチート職業だと判明する——!

●定価:1320円(10%税込) ●ISBN 978-4-434-28890-6 ●Illustration:ひげ猫

この作品に対する皆様のご意見・ご感想をお待ちしております。

おハガキ・お手紙は以下の宛先にお送りください。

【宛先】

〒150-6008 東京都渋谷区恵比寿 4-20-3 恵比寿ｶﾞｰﾃﾞﾝﾌﾟﾚｲｽﾀﾜｰ 8F
（株）アルファポリス　書籍感想係

メールフォームでのご意見・ご感想は右のＱＲコードから、
あるいは以下のワードで検索をかけてください。

アルファポリス　書籍の感想　検索

ご感想はこちらから

本書は Web サイト「アルファポリス」（https://www.alphapolis.co.jp/）に投稿されたものを、改題・改稿のうえ、書籍化したものです。

チートなタブレットを持って快適異世界生活 4

ちびすけ

2021年 6月 30日初版発行

編集－小島正寛・村上達哉・宮坂剛
編集長－太田鉄平
発行者－梶本雄介
発行所－株式会社アルファポリス
〒150-6008 東京都渋谷区恵比寿4-20-3 恵比寿ｶﾞｰﾃﾞﾝﾌﾟﾚｲｽﾀﾜｰ8F
TEL 03-6277-1601（営業） 03-6277-1602（編集）
URL https://www.alphapolis.co.jp/
発売元－株式会社星雲社（共同出版社・流通責任出版社）
〒112-0005東京都文京区水道1-3-30
TEL 03-3868-3275
装丁・本文イラスト－ヤミーゴ（http://www.asahi-net.or.jp/~pb2y-wtnb/）
装丁デザイン－AFTERGLOW
印刷－中央精版印刷株式会社

価格はカバーに表示されてあります。

落丁乱丁の場合はアルファポリスまでご連絡ください。

送料は小社負担でお取り替えします。


ISBN978-4-434-29001-5 C0093